RAMATIS

SÁBIO OU PSEUDO-SÁBIO?

Opinião E.

Distribuição:

EME
EDITORA

Caixa Postal 1820 – 13360-000 – Capivari-SP
Fone/Fax: (019) 491-3878

Artur Felipe A. Ferreira

RAMATIS

SÁBIO OU PSEUDO-SÁBIO?

Ensaio

Capivari-SP
– 1997 –

Ramatis
Sábio ou Pseudo-Sábio?
Artur Felipe de A. Ferreira

1ª edição — agosto/1997 — 2.500 exemplares
Editora Opinião E. Ltda.
Capivari-SP

Revisão:
Celso Martins
Waldeyr de Oliveira

Capa:
Rita Foelker

Diagramação:
Saulo Camargo

Ficha Catalográfica

Ferreira, Artur Felipe de A.
Ramatis – Sábio ou Pseudo-Sábio, Artur Felipe de A. Ferreira, 1ª edição 1997, Editora Opinião E. Ltda. – Capivari-SP.
154 p.
1. Ensaio Espírita
2. Espiritismo - Ensaio crítico doutrinário
CDD. 133.9

ÍNDICE

Não Basta ser Espírito

Não basta ser Espírito para possuir a Ciência universal, pois assim a morte nos faria quase iguais a Deus. Aliás, o simples bom senso se recusa a admitir que o Espírito de um selvagem, de um ignorante ou de um malvado, desde que separado da matéria, esteja no nível do cientista ou do homem de bem. Isto não seria racional. Há, pois, Espíritos adiantados, e outros mais ou menos atrasados, que devem superar ainda várias etapas, passar por numerosas peneiras antes de se despojarem de todas as imperfeições. Disso resulta que, no mundo dos Espíritos, são encontradas todas as variedades morais e intelectuais existentes entre os homens e outras mais. Ora, a experiência prova que os maus se comunicam tanto quanto os bons. Os que são francamente maus, são facilmente reconhecíveis; mas há também os meio sábios, falsos sábios presunçosos, sistemáticos e até hipócritas. Estes são os mais perigosos, porque afetam uma aparência séria, de ciência e de sabedoria, em favor da qual proclamam, em meio a algumas verdades e boas máximas, as mais absurdas coisas. E para melhor enganar, não receiam enfeitar-se com os mais respeitáveis nomes. Separar o verdadeiro do falso, descobrir a trapaça oculta numa cascata de palavras bonitas, desmascarar os impostores, eis, sem contradita, uma das maiores dificuldades da ciência espírita. Para superá-la, faz-se necessária uma longa experiência, conhecer todas as sutilezas de que são capazes os Espíritos de baixa classe, ter muita prudência, ver as coisas com o mais imperturbável sangue frio, e guardar-se principalmente contra o entusiasmo que cega. Com o hábito e um pouco de tato chega-se facilmente a ver a ponta da orelha, mesmo sob a ênfase da mais pretensiosa linguagem. Mas infeliz do médium que se julga infalível, que se ilude com as comunicações que recebe: o Espírito que o domina pode fasciná-lo a ponto de fazê-lo achar sublime aquilo que, por vezes, é apenas absurdo e salta aos olhos de todos, menos aos seus.

Revista Espírita - Allan Kardec - 1860 - Págs. 113 e 114

PREFÁCIO

Celso Martins

Desde mocinho que sigo com escrúpulo a postura de Voltaire, assim expressa: *"Posso nada aceitar do que você admite, porém defenderei sempre o seu direito de expressar livremente o seu pensamento."*

Também defendo o direito que o outro tem de ter lá as suas opiniões, desde que, com elas, não prejudique terceiros, muito embora eu mesmo não as aceite. Abomina-me a mais leve idéia de querer impor a quem quer que seja os meus pontos de vista. E isso porque não aceito me imponham coisa alguma, a não ser se me demonstrarem por **a** mais **b** estar laborando em engano; aí mudo de opinião com agrado e mesmo com gratidão.

Estranhará quem me lê (se é que este prefácio venha realmente a ser lido por alguém) este início de apresentação do Artur Felipe de Azevedo Ferreira. Entenderá sem dificuldades o porquê desta conversa de intróito. O trabalho do Artur Felipe, a meu ver, até que dispensaria um prólogo de minha parte. E da parte de quem quer que seja. Ele se impõe por si próprio. Sendo, no entanto, um rapaz de 26 anos de idade, ainda desconhecido no meio espírita brasileiro, alvitrou, ao entregar os originais a um denodado editor, que um confrade mais velho na carcaça física, com maior penetração no movimento espiritista nacional (e escolheu a pessoa menos indicada para o cometimento) lhe fizesse uma espécie de apresentação, o que, aliás, me deixa lisonjeado.

Para dizer desde já a verdade, trata-se de um livro adulto. Um ensaio maduro. Uma análise desapaixonada, muito bem feita, e pede a quem leia as obras do Espírito Ramatis apenas isto: reflexão serena, ponderação tranqüila, a fé raciocinada tão exemplificada e recomendada por Allan Kardec. Malfadadamente, a maioria das criaturas se deixa levar pela emoção diante do fato mediúnico, como dizia Deolindo Amorim, a ponto de eu mesmo denunciar isto no livro que escrevi com ele ainda encarnado, de título "Ponto de Encontro" (Editora EME) e que, sinceramente, não contou com a aceitação que supunha tivesse. Entendo: é livro de estudos, de análise, e o público prefere obras com mensagens ou romances.

Mas o fato é que, diante de uma ocorrência mediúnica, esquecendo-se inclusive a possível interferência do médium com suas idéias pessoais na recepção das mensagens dos Espíritos, a maioria assume uma postura devocional como se estivesse diante de um altar com uma imagem. Ou então a conversar com um oráculo, como acontecia na Grécia e na Roma da Idade Antiga.

O que é mais grave: grande parte destes diletos companheiros faz com que esta emoção, abdicando do uso da razão e do raciocínio, descambe até para as raias da agressão verbal quando aparece alguém que mostra o erro, a contradição no que escreveu ou disse este ou aquele Espírito, por este ou aquele médium. Neste sentido, nem sei se o filósofo e matemático Descartes estaria falando a verdade ou gracejava, no começo de seu famoso *"Discurso sobre o Método"*, ao declarar ser o bom senso aquele dom mais fartamente distribuído entre o gênero humano! Fico na dúvida cartesiana diante de tanto contra-senso que vejo e ouço por este mundo de meu Deus. *Mamma mia!*

Ainda bem que me norteia a vida a doutrina de quem foi definido, na hora do sepultamento de seu corpo físico, pelo astrônomo Camille Flammarion, como tendo sido "o bom senso encarnado". Com efeito, o professor Rivail (nosso querido Allan Kardec) jamais deixou de observar a necessária concordância universal das comunicações procedentes do Grande Além, dentro de um método que é muito usual nas ciências sociais (e nisto Kardec não está também superado, ao contrário, a elas se antecipou em um século!), que é o critério da universalidade de um fato em estudo. O bom senso kardequiano, na verdade, estava embasado sabiamente na advertência do Espírito Erasto, expressa nestes termos em "O Livro dos Médiuns": *"É preferível rejeitar dez verdades a aceitar uma só mentira."*

Em matéria de assuntos mediúnicos, manda a razão não devamos assumir nem a postura de oposição sistemática e tampouco a da adesão afoita, exaltada. Há de ter o pesquisador a isenção de ânimo para analisar o tema a fundo com o maior número de dados confiáveis possível. Somente assim é que poderá chegar a uma conclusão digna de crédito.

Artur Felipe passa as informações do Espírito Ramatis pelo crivo da razão, e mais ainda, baseado numa robusta bibliografia que vai desde os dados científicos até claríssimos textos de encarnados e desencarnados. Percebe-se, desde já, que o moço meteu a mão num vespeiro. Numa casa de marimbondos. Sem dúvida será ferroado. Está claro que sobrarão ferroadas para o editor e mesmo para o pobre do prefaciador. Diz o povo, em sua ingênua insciência do que se passa no mundo das idéias filosóficas, políticas, e mesmo religiosas, que quem diz a verdade não merece castigo. Mas a vida me levou a pensar que o certo é justamente o contrário. Aquele que diz a verdade, este é que é punido. Não me será preciso dar exemplos. Favor lembrar Sócrates, Galileu, Joanna d'Arc, João Huss, Giordano Bruno, Tiradentes, o próprio Jesus.

Contudo, isto pouco importa. É coisa irrelevante. Conforme diz o provérbio traduzido do espanhol: *"a verdade padece mas não perece"*. É isto! Demais, o mesmo risco que corre a árvore, corre o machado.

Vale aqui até aquela frase atribuída a Aristóteles: *"Sou amigo de Platão, mas sou muito mais amigo da Verdade"*.

Artur como autor, Arnaldo editor e Celso apresentador estamos neste caso. Nunca descartei a possibilidade de vida em Marte. Nem em outros planetas do Universo sem limites. Jamais descri desta possibilidade. Deus não criaria os astros sem uma utilidade.

Em matéria de Ciência, sou da seguinte opinião: Não se diz *sim*, não se diz *não*; cabe sempre um *talvez*. Afinal, prudência e caldo de galinha nunca fizeram mal a ninguém. Estou, inclusive, professor de Biologia e de Física, com aquela assertiva do grande biologista Huxley: "Se me disserem que uma barra de ferro estivesse a flutuar no ar, eu não diria ser um fato impossível, mas iria investigar o fenômeno para ver se ele não se devesse a uma lei que eu ainda ignorasse".

Esta prudente conduta me leva a ser historiador e não a ser profeta. Repito: não descarto *in limine* afoitamente a possibilidade de vida lá ou cá. Porém admito seja numa outra modalidade de matéria ou de organização que estejam além da nossa estreita compreensão. Schopenhauer não dizia que o que dá idéia de infinito é a nossa ignorância?

Não ouso dizer seja uma vida em **matéria** radiante, conforme já ouvi alguém declarar (e repetir alto e em bom som quando eu refutei a palavra **matéria** radiante) porque **matéria** radiante é uma cincada! Isto não tem amparo na Física Moderna. Nem mesmo energia radiante se diz mais atualmente; prefere-se a expressão **energia quântica**. Os próprios elementos radiativos (urânio, tório, estrôncio, dentre os mais citados), e aí seria matéria, irradiam energia eletromagnética na forma, por exemplo, de raios X, de partículas alfa, de partículas beta, raios gama. E se a vida em Marte fosse assim, os aparelhos da NASA de há muito teriam constatado, sim!

Bem sei que alguém dirá: — ocorre que, além de Ramatis, também o Espírito Humberto de Campos e o Espírito Maria João de Deus (mãezinha material de Chico Xavier), ambos através deste médium mineiro, deram comunicações sobre a vida em Marte. E isto muito antes das mensagens dadas pelo Espírito Ramatis.

A esta objeção respondo com serenidade assim: *primo loco* — aprecio demasiado Humberto de Campos, como demonstrei no ensaio premiado pela Federação Espírita do Estado de São Paulo, em dezembro de 1984, sobre a importância deste escritor no Espiritismo, ensaio este que saiu, depois, publicado no Volume II do "Seareiros da Atualidade" (Editora EME). Os escritos do beletrista do Maranhão, como homem ou como Espírito, em muito influíram em meu estilo de cronista.

Minha dileta esposa Neli o tem na conta de autor preferido também. Assim, além de seu enorme esforço para vencer na vida, vejo em Humberto de Campos o poeta (pois foi exatamente nesta condição que, com o livro "Poeira", ingressou na Academia Brasileira de Letras). Nele vejo o elegante cronista, inclusive como Conselheiro XX (mais tarde Irmão X), o arguto articulista muito lido em todo o Brasil, um pouco antes de eclodir a II Guerra Mundial.

Relativamente à querida mãezinha de Chico Xavier, ninguém contestará se eu disser que a considero um Espírito bondoso, de coração bem formado, cheio de ternura quando deixou os filhinhos na orfandade. Assim, na minha notória miopia, sou da opinião de que ambos estes Espíritos viram, depois de desencarnados, a vida espiritual em torno de Marte e a supuseram vida orgânica, vida organizada, vida material. O que não é de espantar pois não existem diversas colônias espirituais à volta da Terra? Não é isto que se lê, por exemplo, no livro "Voltei" do Irmão Jacob (Fred Fígner)? E a mais conhecida destas colônias não é o Nosso Lar, consoante o relato minudente de André Luiz?

Em segundo lugar, ainda respondendo à objeção anterior, diria que volto a insistir no critério da universalidade das informações mediúnicas. Para tanto, eu me permito citar uma anedota que tem um fundo de verdade. Em determinada cidade do interior trabalhavam dois sapateiros. Um deles veio a falecer de câncer no estômago. Então, um médico mais afoito defendeu em tese a teoria de que 50% dos sapateiros sucumbem em virtude de um carcinoma gástrico. Ora, não será preciso ser muito entendido em Oncologia para perceber que este esculápio foi um tanto exagerado. Fez uma extrapolação gratuita, para não dizer leviana. Há de ser estudado um universo maior de informações, um universo de amostras estatísticas maior. O mesmíssimo se dá em relação às comunicações do Grande Além. Assim procedia prudentemente o Codificador.

Artur Felipe, com o presente livro, a meu ver, de modo nenhum quis polemizar com quem quer que seja. Apenas apela para o uso da razão e expõe dados atuais da ciência astronômica.

Também procedo assim: entre a Astronomia e a Ufologia, com todo o respeito que os ufólogos me merecem, prefiro ficar com a primeira.

Artur Felipe não deseja aquele bate-boca que não leva

a lugar algum. Ele, e eu com ele concordo em toda a linha, apela para o uso da fé raciocinada, muito acima da emoção. Demais, nós todos (autor, editor e prefaciador, de lambujem) jamais quisemos demover *A*, *B* ou *C* de suas opiniões. De jeito nenhum! Mas que não se diga espírita quem não segue à risca o que encontramos nos textos de Kardec.

Espaço tivesse e citaria exemplos; limitar-me-ei a um só. Ramatis considera os chamados *médiuns receitistas* como sendo *curadores*. Kardec não pensa assim; ele os considera *psicógrafos*. Não se trata de mero jogo de palavras. Não. O médium de cura dá de seus elementos energéticos humanos, às vezes em sinergia com o magnetismo dos Espíritos (vide o livro "A Gênese") para aliviar as dores ou mesmo curar as enfermidades. Já o médium que psicografa uma receita médica, em geral medicamentos da Homeopatia, não fornece de seu magnetismo. Vê-se, assim, a discordância entre o que diz o Espírito Ramatis e o que aprendemos com Kardec.

Assim, que Fulano, Beltrano ou Sicrano admitam isto ou aquilo, é um direito líquido e certo que eles têm. E eu defenderei este seu direito. Mas, repito, não se digam espíritas. Só isto! E que reine a fraternidade entre nós sem apelar para uma concordância ecumênica porque, então, o Espiritismo seria uma grande colcha de retalhos, com a inclusão de princípios de todos os lados do mundo, o que desfiguraria a verdadeira imagem da Doutrina Espírita, imagem esta que nós espíritas sinceros devemos preservar. Foi por estas e outras que, na Idade Média, o Cristianismo foi totalmente desfigurado, daí nascendo o Catolicismo. Não é uma acusação gratuita contra os padres; é uma verdade, e a História não nos deixa mentir.

Por fim, resta saber se o livro do Artur Felipe convencerá este ou aquele adepto das obras de Ramatis.

Tenho as minhas dúvidas. Não pela clareza do que a seguir é exposto com serenidade. Mas pela teimosia de certas pessoas. Pior cego é aquele que não quer ver. Lembra-me aquela discussão entre um espírita e um protestante.

Espírita: - *Você aceita que o profeta Jonas tenha ficado 3 dias e 3 noites dentro de uma baleia e de lá foi expelido são e salvo?*

Protestante: - *Claro que aceito. Está escrito na Bíblia. É um livro infalível.*

Espírita: - *E se ali estivesse escrito o contrário; quer dizer, que o profeta Jonas tivesse engolido a baleia e ela, depois de 3 dias e 3 noites, fosse dele eliminada sã e salva, você ainda assim acreditaria?*

Protestante: - *E por que não? Não está na Bíblia? A Bíblia é a palavra de Deus. A Bíblia é para ser aceita e estamos conversados.*

Não preciso dizer que, assim, não dá para a gente conversar.

Entretanto, Artur Felipe cumpriu com o seu dever. Defendeu a pureza doutrinária. Metendo a mão numa casa de marimbondos, contribuiu para que o Espiritismo não fosse considerado uma lamentável mixórdia de cincadas científicas com coisas respeitáveis, que ficam melhor no Hinduísmo, no Orientalismo, do que no contexto da Doutrina Espírita, porque esta a si mesma se basta. É clara. Tem princípios bem definidos. Tem características próprias. Dispensa enxertos e interpolações.

Estão apresentados, pois, o Artur Felipe e sua análise do que prega o Espírito Ramatis através de Hercílio Maes e de outros médiuns, pessoas a quem respeitamos e cujas opções defendemos, mas às quais pedimos: Não se digam espíritas, porque não o são, não!

O AUTOR E O LIVRO

Artur Felipe de A. Ferreira é bacharelando em Relações Internacionais pela Universidade Estácio de Sá, no Rio de Janeiro.

Iniciou suas atividades profissionais já aos 18 anos, ministrando aulas de inglês em cursos vários, inicialmente em Porto Alegre-RS, e depois nas cidades de Niterói e Rio de Janeiro.

Nascido em Niterói, em 03 de junho de 1971, Artur Ferreira desde tenra idade se interessou pela Doutrina Espírita, por influência direta de sua mãe, Lúcia Ferreira, que procurou orientá-lo a ler as obras da Codificação e a freqüentar a Mocidade Espírita do Grupo Espírita Pestalozzi, em Nova Friburgo-RJ, onde residiam.

Sua participação no Movimento Espírita foi se intensificando à medida em que aumentava seu interesse pela Doutrina. Compreendendo que o conhecimento espírita cada vez mais lhe dilatava a compreensão da vida, o jovem Artur passou a se entusiasmar ainda mais pela Doutrina Consoladora.

Hoje, Artur, aos 26 anos, é orientador de Mocidade na União da Mocidade Espírita da Niterói (UMEN), onde procura transmitir aos jovens o mesmo entusiasmo haurido junto ao conhecimento espírita durante os primeiros anos de sua mocidade.

Sempre atento ao que lê, Artur Ferreira passou a prestar atenção nos contínuos alertas da espiritualidade acerca dos desvios do Movimento e procurou pesquisar a fundo a causa de tais problemas, sem se deter tão-somente aos efeitos.

Notando a forte tendência de nosso povo ao sincretismo religioso, concluiu que os adversários do Espiritismo já vêm procurando explorar esse atavismo com o intuito de provocar a confusão e promover o divisionismo nas hostes espíritas. Tais adversários, em sua maioria desencarnados, vêm levantando as bandeiras do "universalismo" e do "ecletismo", a título de contribuição, com o qual intentam, sorrateiramente, fragmentar opiniões, fazendo crer que o Movimento, tal qual se encontra hoje, não pode prescindir de um suposto "enriquecimento", tendo como base práticas e ensinos provindos de outros movimentos religiosos.

Embora percebesse que a Doutrina Espírita não necessitasse de defesa, o jovem Artur passou a acreditar que o Movimento carecia de maior esclarecimento. Tendo pela obra de Herculano Pires a maior admiração devido à coragem com que o saudoso divulgador espírita defendia os mais caros princípios doutrinários, Artur Ferreira decidiu pronunciar-se de maneira séria e arrojada, acerca da questão *Ramatis* e o conteúdo de seus livros. Efetuando uma minuciosa pesquisa, o autor de "Ramatis: Sábio ou Pseudo-Sábio?" faz um estudo comparativo entre os postulados ramatisianos e os postulados eminentemente espíritas, chegando, assim, a interessantes conclusões. Ao final, conclama os Espíritas a uma reflexão acerca dos rumos do Movimento, transcrevendo as palavras de grandes Espíritos-Espíritas, sob o patrocínio e supervisão do Espírito Verdade.

Niterói – junho/97

ESCLARECIMENTOS NECESSÁRIOS

Ramatís: Sábio ou Pseudo-Sábio?

Muitos companheiros nossos não entenderão, em princípio, a finalidade da presente obra, julgando-a desnecessária e, quem sabe até, de cunho antifraterno, devido à menção de nomes e/ou pela polêmica que poderá suscitar no seio do Movimento Espírita e fora dele.

No entanto, nos esforçaremos em desviar de nossas cogitações a polêmica estéril, sempre fruto da intolerância desarrazoada. Procuraremos, antes de tudo, tornar claro o móvel de nossas intenções mais legítimas, além de concitar os leitores a uma reflexão acerca dos rumos que vem tomando o Movimento Espírita na atualidade. Através das palavras de vultos respeitáveis da Espiritualidade, tais como Joanna de Ângelis, Vianna de Carvalho, André Luiz, Emmanuel, Bezerra de Menezes, entre outros, procuraremos evidenciar a preocupação da Falange do Espírito Verdade sobre o crescente desvirtuamento do Movimento em suas bases, indo ao encontro das reais finalidades da Doutrina Espírita em sua feição de Consolador Prometido, de Cristianismo Redivivo.

Refletiremos, pois, acerca das desfigurações havidas em núcleos vários, que, conforme pudemos constatar *in loco*, têm como cerne ensinos provindos da Espiritualidade, mais precisamente de Espíritos compromissados com outras faixas de pensamento religioso que, por intermédio da psicografia, acabam por fixar, entre nós, valores que lhes são próprios.

Embora respeitáveis, tais ensinos nem sempre estão condizentes com os postulados doutrinários eminentemente espíritas, isto é, com os ensinamentos legados a Kardec pela Falange do Espírito Verdade.

Submeteremos a exame tais ensinos que nos chegam por intermédio desses Espíritos com a utilização da metodologia mais clara e simples — justamente aquela consagrada por Allan Kardec em "O Evangelho Segundo o Espiritismo", na Introdução, item II, intitulada "Autoridade da Doutrina Espírita — Controle Universal do Ensino dos Espíritos", que estabelece a concordância entre as revelações como a garantia séria e única existente para a sua aceitação.

INTRODUÇÃO

"Lembrando o Codificador da Doutrina Espírita, é imperioso que estejamos alerta em nossos deveres fundamentais.

Convençamo-nos de que é necessário:

- Sentir Kardec;
- Estudar Kardec;
- Anotar Kardec;
- Meditar Kardec;
- Analisar Kardec;
- Comentar Kardec;
- Interpretar Kardec;
- Cultivar Kardec;
- Divulgar Kardec."

Emmanuel ("Reformador", março, 1961)

A finalidade do presente estudo é a exposição e a análise crítica acerca da unicidade dos conceitos exarados pela Doutrina Espírita e até que ponto ela vem sendo respeitada por certa gama de desencarnados em nossos dias. Entender-se-á "Doutrina Espírita" como sendo "os ensinos dos Espíritos Superiores", obedecendo à conceituação de Allan Kardec.

Percebendo o insigne Codificador a total unicidade de vistas entre os Mensageiros do Espírito Verdade — figuras notáveis como Fénelon, Platão, Agostinho, São Luiz, Vicente de Paulo, Erasto, entre outros — que com ele se comunicaram, Kardec, em "O Evangelho Segundo O Espiritismo" (introdução — item II — intitulado "Autoridade da Doutrina Espírita") nos convoca ao controle universal do ensino dos Espíritos, a fim de manter incólume a mensagem espírita à feição de um todo monolítico, com a qual se manteria livre de deturpações e cismas à medida em que fosse propagada. Citaremos alguns trechos e os enumeraremos, para que nos sirvam de referência posteriormente:

1) *"Uma só garantia séria existe para o ensino dos Espíritos: a* ***concordância que haja entre as revelações que eles façam espontaneamente****, servindo-se de grande número de médiuns estranhos uns aos outros e em vários lugares. Vê-se bem que não se trata aqui das comunicações referentes a interesses secundários, mas do que respeita aos princípios mesmos da Doutrina.*

2) *"Prova a experiência que,* ***quando um princípio novo tem de ser anunciado, isso se dá espontaneamente em diversos pontos ao mesmo tempo e de modo idêntico, senão quanto à forma, pelo menos quanto ao fundo****.*

3) *"Se, portanto,* ***aprouver a um Espírito formular um sistema excêntrico, baseado unicamente em suas idéias e com exclusão da verdade****, pode se ter a certeza de que tal sistema conservar-se-á* ***circunscrito e cairá****, diante das instruções dadas por toda parte, conforme os múltiplos exemplos que já se conhecem. (...)*

4) *"Essa verificação universal constitui uma garantia*

para a unidade futura do Espiritismo e anulará todas as teorias contraditórias. Aí é que, no porvir, se encontrará o ***critério da verdade****. O que deu lugar ao êxito da doutrina exposta em 'O Livro dos Espíritos' e em 'O Livro dos Médiuns' foi que em toda parte todos receberam diretamente dos Espíritos a confirmação do que esses livros contêm.*

5) *"****O princípio da concordância*** *é também uma garantia contra as alterações que poderiam sujeitar o Espiritismo às seitas que se propusessem apoderar-se dele em proveito próprio e acomodá-lo à vontade.*

6) *"Quem quer que tentasse desviá-lo do seu providencial objetivo, mal sucedido se veria, pela razão muito simples de que* ***os Espíritos, em virtude da universalidade de seus ensinos, farão cair por terra qualquer modificação que se divorcie da verdade****.*

De tudo isso ressalta uma verdade capital: a de que aquele que quisesse opor-se à corrente de idéias estabelecida e sancionada poderia, é certo, causar uma pequena perturbação local e momentânea; nunca, porém, dominar o conjunto, mesmo no presente, nem, ainda menos, no futuro.

7) *"Também ressalta que* ***as instruções dadas pelos Espíritos sobre pontos ainda não elucidados pela Doutrina não constituirão lei, enquanto essas instruções permanecerem insuladas****; que elas* ***não devem****, por conseguinte,* ***ser aceitas senão sob todas as reservas e a título de esclarecimento****.*

Daí a necessidade de maior prudência em dar-lhes publicidade; e, caso se julgue conveniente publicá-las, importa não as apresentar senão como opiniões individuais, mais ou menos prováveis, porém, carecendo sempre de confirmação. Essa confirmação é que se precisa aguardar, antes de apresentar um princípio como verdade absoluta, a menos se queira ser acusado de leviandade ou de credulidade irrefletida.

8) *"Com extrema sabedoria procedem os Espíritos Superiores em suas revelações.* ***Não atacam as grandes questões da Doutrina senão gradualmente****, à medida que a inteligência se mostra apta a compreender verdade de ordem mais elevada quando as circunstâncias se revelem propícias à emissão de uma idéia nova.*

9) *"Os princípios acima não resultam de uma teoria pessoal; são conseqüência forçada das condições em que os Espíritos se manifestam.* ***É evidente que, se um Espírito diz uma coisa de um lado, enquanto milhões de outros dizem o contrário algures, a presunção da verdade não pode estar com aquele que é o único de tal parecer****. Ora, pretender alguém ter razão contra todos seria tão ilógico da parte dos Espíritos, quanto da parte dos homens.* ***Os Espíritos verdadeiramente ponderados****, se não se sentem suficientemente esclarecidos sobre uma questão,* ***nunca a resolvem de modo absoluto****; declaram que apenas a tratam do seu ponto de vista e aconselham que se aguarde a confirmação.*

10) *"Não será à opinião de um homem que se aliarão os outros, mas à voz unânime dos Espíritos; não será um homem, nem nós, nem qualquer outro que fundará a ortodoxia espírita;* ***tampouco será um Espírito que se venha impor a quem quer que seja: será a universalidade dos Espíritos que se comunicam em toda a Terra, por ordem de Deus. Esse o caráter essencial da Doutrina Espírita; essa a sua força, a sua autoridade. Quis Deus que a sua lei se assentasse em base inamovível e por isso não lhe deu por fundamento a cabeça frágil de um só****.*

11) ***"A opinião universal, eis o juiz supremo****, o que* *se pronuncia em última instância. Formam-na todas as opiniões individuais. Se uma destas é verdadeira, apenas tem na balança o seu peso relativo. Se é falsa, não pode prevalecer sobre as demais."*

Nota de Kardec: *"A melhor garantia de que um princípio é a expressão da verdade se encontra em ser ensinado e revelado por diferentes Espíritos, com o concurso de médiuns diversos, desconhecidos uns dos outros e em lugares vários, e em ser, ao demais, confirmado pela razão e sancionado pela adesão do maior número." (em 'Livro dos Médiuns'.)*

Aí estão, pois, as diretrizes que iremos seguir em nosso trabalho. O Mestre de Lyon sempre pareceu antecipar os rumos que o Movimento poderia tomar, procurando esclarecer e precaver os homens acerca das dificuldades que teriam. Tinha Allan Kardec consciência da imensa responsabilidade que lhe fora confiada. Contudo, igualmente convicto se encontrava de que o Espiritismo não estaria indene às fraquezas humanas. Procurou, pois, neutralizar-lhes as conseqüências e isto lhe parecia essencial. Concluiu, enfim, que os maiores adversários da Doutrina estariam dentro do próprio Movimento e a estes procurou alertar acerca da necessidade de se preservá-la de sistemas divergentes, que pudessem comprometer-lhe a unidade.

Capítulo I

ESPIRITISMO E DETURPAÇÕES

Eis que hoje estão a se confirmar muitos dos fatos "previstos" por Kardec. Temem muitos que esteja ocorrendo nos dias de hoje, no Movimento Espírita, o que aconteceu com o Cristianismo primitivo.

Ary Lex, em sua ótima obra intitulada "Pureza Doutrinária" (Feesp) aborda o assunto de frente e alerta:

"Enquanto ele (o Cristianismo) contava com número reduzido de crentes, que eram perseguidos e até torturados e sacrificados, permaneceu puro, espiritualizado, como o Cristo nos legou. Mas, no momento em que foi admitido pelo poder temporal de Roma e as massas ignorantes o aceitaram, estas foram impondo suas crendices, trazidas do fetichismo e do Paganismo. Foram nele infiltrando seus rituais, explicações infantis ou nebulosas, solenidades, mistérios, palavras exóticas. À medida que o ritual avassalava a nova Igreja, aliada agora de reis e imperadores, a essência do Cristianismo foi sendo relegada a segundo plano e, afinal, esquecida.

Com o Espiritismo há o perigo de acontecer o mesmo. Após passar pela fase dos ataques por profitentes de outras religiões e já contar com o reconhecimento público, eis que presenciamos, cada vez mais, a introdução, em alguns núcleos espíritas, de práticas que nada têm a ver com o Espiritismo, tais como vestes especiais, defumações, cantos e hinos, oferendas, casamentos, batizados, posições especiais para orar, adoção de terapias alternativas, etc.".

André Luiz, esse Espírito que sempre primou pela sensatez e zelo perante a Doutrina, em "Opinião Espírita", no capítulo intitulado "Práticas Estranhas", comenta:

"Muitos companheiros, sob a alegação de que todas as religiões são boas e respeitáveis, julgam que as tarefas espíritas nada perdem por aceitar a enxertia de práticas estranhas à simplicidade que lhes vige na base, lisonjeando indebitamente situações e personalidades humanas, supostas capazes de beneficiar as construções doutrinárias do Espiritismo (...)

*(...) Reflitamos nisso e compreenderemos que assegurar a simplicidade dos princípios espíritas, nas casas doutrinárias, para que as suas atividades atinjam a meta da libertação espiritual da Humanidade, **não é fanatismo nem rigorismo de espécie alguma**, porquanto, agir de outro modo seria o mesmo que devolver um mapa luminoso ao labirinto das sombras, após séculos de esforço e sacrifícios para obtê-lo, como se também, a pretexto de fraternidade, fôssemos obrigados a desertar do lar para residir nas penitenciárias; a deixar o caminho certo para seguir pelo cipoal; a largar o prato saudável, para ingerir a refeição deteriorada e desprezar a água potável por líquidos de salubridade suspeita."* (grifos nossos)

Já Vianna de Carvalho, através de Divaldo Pereira Franco, em "Reflexões Espíritas", mui oportunamente nos adverte:

"E hoje, quando o Espiritismo sensibiliza milhões de vidas, o seu Movimento parece deperecer, perdendo em qualidade o que adquire em quantidade.

Adeptos precipitados tentam enxertar conceitos supersticiosos no organismo impoluto da Doutrina que dispensa apêndices, permanecendo ideal conforme foi legada por Allan Kardec.

A invigilância de alguns simpatizantes procura adaptar crenças ultramontanas ao texto doutrinário, para acomodar interesses imediatos e vazios, por falta de coragem para arrostar as conseqüências da fé na sua legitimidade.

O Espiritismo sobrepõe-se-lhes, **porque nenhum exotismo pode fazer parte do seu contexto.**

Teimam introduzir no seu conteúdo superior práticas que, embora respeitáveis, são do Orientalismo, não se coadunando com a tecedura de verdade de que Allan Kardec se fez intermediário consciente. (grifos nossos)

Cabe, desse modo, ao Espírita consciente tolerar, mas não ser conivente; respeitar, mas não concordar com as tentativas de intromissão de seitas, de práticas, de crendices e superstições que fizeram a glória nas gerações passadas, poupando a Doutrina Espírita desse vandalismo injustificável, ao mesmo tempo convidando todos a uma releitura das suas bases, em confronto com os avanços do conhecimento hodierno, para que se reafirme a indestrutibilidade dos seus ensinamentos, confirmados, a cada momento, pelas conquistas da razão, da tecnologia e da ciência.

O Espiritismo é a Doutrina que vem de JESUS através dos imortais, codificada pelo pensamento ímpar de ALLAN KARDEC, para assinalar a era do espírito imortal e permanecer traçando diretrizes para as gerações futuras que nos cumpre, desde agora, preservar através de uma conduta saudável, impoluta e compatível com os postulados que fulguram nesse colosso que é o Espiritismo, a Doutrina libertadora dos novos tempos."

O Espírito Odilon Fernandes também se pronuncia contra as deturpações doutrinárias no livro "Mediunidade e Evangelho" (IDE), em capítulo intitulado "Unamo-nos", psicografado por Carlos Bacelli, onde faz um alerta em relação às práticas orientalistas:

"Observamos hoje na Doutrina Espírita, passado o período das perseguições que lhe foram movidas fora de seus muros, uma tendência de se repetir os equívocos do Cristianismo, logo que Constantino o declarou religião oficial do Estado. (...)

"A maior luta da Doutrina, num futuro não muito distante, será para manter-se livre dos movimentos espiritualistas paralelos que se multiplicam, em todo o mundo, na atualidade. Admitindo alguns de seus postulados, como a reencarnação e a mediunidade, esses espiritualismos modernos, todavia, não se encontram vinculados ao Cristo e, se disseminam ensinamentos esotéricos, não sustentam nenhuma proposta mais séria de renovação íntima.

Que o Espiritismo permaneça fiel ao Evangelho, e sobreviverá doutrinariamente a essa verdadeira 'avalanche' de **seitas orientalizadas** que têm arrebanhado milhões e milhões de seguidores em toda parte. Mas para que a Doutrina Espírita triunfe com a bandeira do Evangelho, necessita que seus adeptos falem a mesma língua, não a transformando, pelas suas discórdias, numa moderna 'torre de Babel' ...

Os Espíritos mais diretamente responsáveis pelos rumos do movimento espírita têm revelado essa preocupação constante e, sempre que possível, solicitam-nos concitar os confrades à tolerância, à compreensão, à perseverança, à renúncia e, sobretudo, à boa vontade de uns para com os outros.

Unamo-nos, pois.

Não nos transformemos em 'pedras de tropeço' do que nos é tão caro!

Não sejamos obstáculos à propagação da Doutrina

que tem sido a razão de ser de nossas vidas, (pois): 'Muito se pedirá a quem muito recebeu'..." (grifos nossos)

O Espírito Camilo igualmente critica o rumo atual do Movimento Espírita e as deturpações e práticas comumente estimuladas, no intuito de promover a desfiguração do pensamento espiritista:

"À semelhança do que ocorreu com a primitiva comunidade dos Apóstolos de Jesus, que foi perdendo em qualidade à medida que foi se expandindo, se popularizando e ganhando notoriedade através do prestígio político de Roma, as atividades ao redor do Espiritismo — o Movimento Espírita — foram tomando contornos preocupantes em todo lugar, na proporção do seu agigantamento acompanhado pelo desconhecimento declarado de seus fundamentos.

Allan Kardec, valendo-se do seu inesgotável bom senso, estabeleceu que o Espiritismo é uma doutrina de livre exame, significando que, não sendo impositiva, oferece ao indivíduo que vai ao seu encontro todas as possibilidades de discussão e de análise, até que tenha podido compreender suas bases, de modo a vivê-las com claridade mental e segurança.

Tristemente, muitos pensaram que tal condição da Mensagem lhes permitia adaptar os seus preceitos doutrinários aos próprios gostos e tendências, sem causarem problemáticas adulterações no trabalho de profunda coerência dos Numes Tutelares da Terra. (...)

"Com tristeza percebe-se hoje que o Movimento Espírita, que dispõe de tudo o que a Doutrina Espírita lhe brinda para ser amadurecido, pujante e avançado, tem sido alvo das investidas das Sombras organizadas e se encharcado com seus conteúdos peçonhentos e danosos. Daí, são núcleos criados para reverenciar personalidades

vaidosas, que não abrem mão da relação de **vassalagem** (grifo original)*; são instituições montadas somente para atender os corpos, sem qualquer compromisso com o espírito imortal que permanece vagueando nas trevas de si mesmo; são casas erguidas para desfigurar o pensamento espírita, em razão das* ***mesclas implantadas com doutrinas, filosofias e práticas orientalistas e africanistas*** *que, mesmo merecendo respeito, têm propostas bem distintas das do Consolador.*

Ainda em nosso Movimento Espírita se tem confundido ***o caráter universalista do Espiritismo com uma infausta 'tendência agregacionista'****, pois, ao invés de o pensamento espírita ajudar a ver o mundo dentro da óptica da Vida Superior, para que o indivíduo saia do nível das considerações meramente materiais, vê-se que tudo que é encontrado de 'interessante' mundo afora, deseja-se* ***agregar*** (grifo original) *ao Espiritismo. Cânticos, terapias, experimentações psíquicas diversas, mantras, vestuário, jargões, festividades de gosto execrável e coisas outras ocupando variado espectro, têm despontado aqui e ali, em nome da Doutrina Espírita. E o que é mais contristador, é que tudo isso se dá diante da postura inerme dos que aceitaram responsabilidades diretivas das quais não dão conta. Tudo isto tem sido acompanhado com o consentimento dos que dirigem, coordenam, 'orientam'..."* (*in* "Desafios da Educação" — médium J. Raul Teixeira — Editora Fráter).

Depois de tão claras e enfáticas considerações, não nos restam mais dúvidas quanto às razões que temos em escrever este livro. Passemos ao próximo capítulo, tendo meditado sobre as mensagens e conceitos por nós transcritos até então, pois que constituirão as bases de nossas idéias, proposições e críticas.

Capítulo II

O SURGIMENTO DE RAMATIS

Tais práticas orientalistas citadas por Vianna de Carvalho e consideradas por ele como incompatíveis com a Doutrina Espírita ganharam força em nossos arraiais quando, conforme relata Ary Lex, "*há cerca de 45 anos, surgiu, no Paraná, um médium até então desconhecido daquele Estado, por não militar na Federação ou em núcleos conhecidos. Começou com algumas mensagens, recebidas sempre sozinho em sua residência, atribuídas a um espírito de oriental, cujo pseudônimo adotado foi RAMATIS. Um dos seus primeiros livros foi 'Magia de Redenção', que já evidenciava a preocupação com os problemas da Magia e com os habitantes de outros astros. Seu livro 'A Vida no Planeta Marte' foi um verdadeiro sucesso. Tornou-se a coqueluche de milhares de espiritualistas. Queriam os crentes saber se os marcianos tinham mãos como as nossas, olhos, nariz, iguais aos nossos, escudos, etc. Entende-se o sucesso, conhecendo a tendência à fantasia, comum em nosso povo. Já estavam surgindo os filmes americanos de ficção. Ainda por cima, os livros de Ramatis foram escritos com redação boa, agradável seqüência e, no meio dos absurdos, muitas noções exatas e conceitos interessantes.*

Os livros de Ramatis passaram a ser muito vendidos e lotaram as livrarias e bibliotecas espíritas praticamente do Brasil inteiro. Em muitos Centros Espíritas e Federações vendia-se mais Ramatis do que o total dos livros da Codificação! Diziam: 'Kardec está superado, pois temos, agora, as novas revelações de Ramatis'." ("Pureza Doutrinária", pág. 60/61 — 1ª ed. FEESP.)

Outros muitos, porém, ficaram preocupados com o rumo que as coisas estavam tomando. Segundo o próprio Kardec, em "O Livro dos Médiuns", tal não poderia dar-se dessa forma. (ver itens 1,2,7,8,9,10 e 11)

Ary Lex prossegue informando:

"J. Herculano Pires, esse brilhante sociólogo e jornalista, que brindou o mundo espírita com numerosos livros de alto valor, mantinha no Diário de São Paulo, durante muitos anos, uma coluna com o pseudônimo 'Irmão Saulo', lida por espíritas e não-espíritas. Herculano resolveu fazer uma oportuna campanha de esclarecimento com relação aos livros de Ramatis, publicando numerosos comentários naquele jornal. Reconhecendo o valor intelectual de Ramatis, mas igualmente reconhecendo o perigo das idéias exóticas, Herculano classificou-o como 'pseudo-sábio'. Realmente. 'Perigoso não é o expositor ou autor que só diz tolices, vazadas em linguagem obscura, pobre, cheia de erros gramaticais e idéias pueris. Perigoso, sim, é o que expõe certo número de noções exatas, que usa argumentação brilhante, mas introduz, de permeio, idéias erradas e perigosas. Assim, tais idéias têm grande probabilidade de aceitação. É o que acontece com Ramatis'."

Neste trabalho iremos, pois, catalogar e confrontar os ensinos contidos nas obras de Ramatis com aqueles contidos em todo o restante da literatura espírita. Esforço esse que o próprio Codificador nos convoca a realizar nos itens 1, 7 e 10 transcritos anteriormente, e em "O Livro dos Médiuns", capítulo XXVII, onde consta a seguinte pergunta de Kardec aos Espíritos, acerca das contradições que porventura se verifiquem entre os ensinos provindos do mundo espiritual:

"As contradições, mesmo aparentes, podem lançar dúvidas no Espírito de algumas pessoas. Que meio de verificação se pode ter, para conhecer a verdade?"

"Para se discernir do erro a verdade, preciso se faz que as respostas sejam aprofundadas e meditadas longa e seriamente. É um estudo completo a fazer-se. Para isso, é necessário tempo, como para estudar todas as coisas.

*"**Estudai, comparai, aprofundai**. Incessantemente vos dizemos que o conhecimento da verdade só a esse preço se obtém. Como quereríamos chegar à verdade, quando tudo interpretais segundo vossas idéias acanhadas, que, no entanto, tomais por grandes idéias? **Longe, porém, não está o dia em que o ensino dos Espíritos será por toda parte uniforme, assim nas minúcias, como nos pontos principais. A missão deles é destruir o erro, mas isso não pode se efetuar senão gradativamente**."* (grifamos)

Só assim, *estudando, comparando, aprofundando*, cremos, nos será possível encontrar onde estão a verdade e o erro; as noções exatas e as fantasiosas; e assim por diante, no que concerne ao presente exame do conteúdo das mensagens ditadas por Ramatis.

Essa entidade, conforme temos constatado, vem sendo prestigiada por muitos. Julgam, muitas pessoas, tratar-se de Espírito muitíssimo elevado que teve, ou tem, como "missão", enriquecer o Espiritismo, anexando-lhe "novos" conhecimentos extraídos das doutrinas do Oriente. Veio, segundo eles, "completar" Kardec.

Após muita pesquisa, consultando a literatura espírita como um todo e as próprias obras ditadas por Ramatis a diversos médiuns diferentes, decidimos pronunciar-nos. Nossas conclusões estão expostas ao longo desta obra, onde analisamos o conteúdo das idéias e conceitos exarados pela referida entidade.

CAPÍTULO III

OS EQUÍVOCOS ASTRONÔMICOS

Ramatis e as Questões referentes ao Planeta Marte

Certo número de espíritas, não afeitos ao conhecimento científico, juntaram-se àqueles que vêm procurando, na literatura em geral, informes acerca da vida em outros mundos. O tema parece fascinar, já que questões tais como discos voadores e alienígenas são constantemente abordadas em imaginosos filmes de ficção científica, conquistando grande receptividade e provocando ainda maior interesse naqueles muitos que se deixam iludir pelas centenas de informes pseudocientíficos que lotam as prateleiras das livrarias e os espaços em jornais sensacionalistas em todo o mundo.

Dulcídio Dibo, escritor espírita versado em ciência astronômica, classifica a literatura ficcionista como dividida em quatro subtipos: paracientífica; "science-fiction" propriamente dita; "pseudo-espíritas"; folclóricas.

Segundo o autor de "*Vida em Outros Planetas*" (ed. LAKE), "*as obras paracientíficas preconizam a existência de vida acarbônica no Universo, afirmando que o protoplasma não necessita ser à base de carbono. Outros elementos tetravalentes, como o silício, poderão perfeitamente fornecer a base da vida. Assim pensam os ficcionistas como Arthur Clarke, em sua obra 'There is Life on Mars?' e outros. Afirmam tais teóricos que seria um absurdo descrever o Universo pelos padrões terrestres. A*

Natureza, com ajuda da rica coleção dos noventa e dois elementos químicos, deve ter outros recursos para produzir seres viventes, constituídos de outros elementos. Daí, admitem ultrapassada a fronteira do sistema solar; teremos o fim do reinado do carbono. A estrela Rigel, por exemplo, cujo astro central é formado de hélio, poderia abrigar, perfeitamente, seres cujos elementos químicos teriam uma configuração distinta, bem como corpos constituídos de substâncias diferentes."

Já a literatura "*science-fiction*", surgida em 1950, não tem "*preocupação pela verdade científica atual*" e é "*puramente imaginária*", escreve Dibo.

A *folclórica* corresponde às obras fictícias, "*escritas por pessoas que juram e rejuram ter mantido contato ('de Terceiro Grau') com seres extraterrestres ou recebido documentos dessa procedência. Essa literatura frutificou, a partir de 1950-1960, quando apareceram, mais intensamente, informações oficiais sobre 'discos voadores' (...)*

"Destacam-se George Adamsky e Desmond Leslie, em sua obra 'The Flying Saucers Have Landed!'; Cedric Sllilan, em 'Flying Saucers from Mars'. No Brasil foi publicado, entre outros, o livro de Antônio Rossi, intitulado 'Num Disco Voador Visitei Outro Planeta'. Vejamos:

'Pude ver se tratar de entes de diferente compleição física, pois estavam *completamente nus. Não possuíam órgãos sexuais; eram altos, 120 quilos; tinham dois dedos em cada mão e em cada pé, sendo desprovidos de cabelos. Fui ainda convidado a passear, visitar estádios, as oficinas dos discos e regressei à Terra.' "*

E quanto à literatura mediúnica? Que confiança podemos depositar nos relatos dos Espíritos sobre a vida em outros mundos? Busquemos na Codificação a resposta.

Em "O Livro dos Médiuns", pergunta 296, Kardec pergunta aos Espíritos:

"Que confiança se pode depositar nas descrições que os Espíritos fazem dos diferentes mundos?"

Resposta: "Depende do grau de adiantamento **real** (grifo original) dos Espíritos que dão essas descrições, pois bem deveis compreender que Espíritos vulgares são tão incapazes de vos informar a esse respeito, quanto o é, entre vós, um ignorante de descrever todos os países da Terra. **Formulais muitas vezes, sobre esses mundos, questões científicas que tais Espíritos não podem resolver**. Se eles estiverem de boa-fé falarão de acordo com suas idéias pessoais; se forem Espíritos levianos divertir-se-ão em dar-vos **descrições estranhas e fantásticas** (grifos nossos), tanto mais facilmente quanto esses Espíritos, que na erraticidade não são menos providos de imaginação do que na Terra, tiram dessa faculdade a narração de muitas coisas que nada têm de real."

Indagou, ainda, Kardec:

"Como se pode verificar a exatidão dessas descrições?"

Resposta: "A melhor verificação reside na **concordância** que haja entre elas. Porém lembrai-vos de que semelhantes descrições têm por fim o vosso **melhoramento moral** e que, por conseguinte, é sobre o estado moral dos habitantes dos outros mundos que podeis ser mais bem informados e **não sobre o estado físico ou geológico de tais esferas**."

Nota de Kardec: "*As questões sobre a constituição física e os elementos astronômicos dos mundos se compreendem no campo das pesquisas científicas, para cuja* ***efetivação não devem os Espíritos poupar-nos os trabalhos que demandam.***" (...)

Recorramos à análise de Vianna de Carvalho acerca de tais relatos que se assomam nos dias atuais, em especial os de Ramatis em "A Vida no Planeta Marte e os Discos Voadores":

"*Utilizando-se das informações honestas da Ciência, passam (médiuns e Espíritos) à elaboração de informes fantásticos, fomentando débeis vagidos de 'ciência-ficção', entregando-se a debates e provas inexpressivas retiradas de lacônicos telegramas das agências noticiosas, com que esperam positivar seus informes sobre a vida em tais ou quais condições, nesse ou naquele Planeta do Sistema Solar, ou noutra galáxia que se lhe torne simpática,* ***como se a Doutrina já não o houvera oportunamente conceituado com segurança a questão, à Ciência competindo o labor de trazer a sua própria afirmação, sem incorrerem os espiritistas no perigo do ridículo desnecessário***." (grifos nossos) (in "Enfoques Espíritas", psicografado por Divaldo P. Franco.)

Particularmente interessante a descrição de Vianna de Carvalho quando se refere aos informes das agências de notícias, pois que, de posse de um exemplar da 1ª. edição da obra "A Vida no Planeta Marte e os Discos Voadores", encontramos vários deles transcritos dos diversos jornais do país, em página específica, como que desejando corroborar o conteúdo do citado livro. Caracterizam a ingenuidade do médium e de seus colaboradores que, em vez de procurarem informar-se melhor acerca do assunto em publicações especializadas, preferiram recorrer ao noticiário leigo e sensacionalista, não detentor do crédito necessário.

*

A questão referente à vida em Marte já não era novidade quando Hercílio Maes recebeu as mensagens de Ramatis, em 1954/1955. Emmanuel, através de Chico Xavier, em livro do mesmo nome, psicografado em 1938, já nos informava:

"A Terra é componente da sociedade dos mundos; assim como **Marte** ou Saturno já atingiram um estado mais avançado em conhecimentos, melhorando as condições de suas coletividades, o vosso orbe tem, igualmente, o dever de melhorar-se, avançando pelo aperfeiçoamento de suas leis, para um estágio superior, no quadro universal."

Interessante notar que Emmanuel não desceu a minudências quanto ao *estado físico e geológico* daqueles planetas, respeitando a determinação colocada pelo Espírito Verdade acerca de tais informações. Houve a concordância, é certo, quanto ao adiantamento de Marte. No entanto, causou estranheza aos estudiosos espíritas o detalhamento dado por Ramatis quanto às condições climatéricas, geológicas, e, principalmente, da constituição física dos marcianos, contrapondo-se ao pensamento geral da Espiritualidade, que é o de manter tais descobertas adstritas aos esforços da Ciência.

A partir do detalhamento dado por Ramatis, encontramos entre tais informes diversas incongruências em relação ao que dizem outros Espíritos.

Emmanuel, em "O Consolador" (FEB), é indagado:

Pergunta 73: *A humanidade terrestre é idêntica à doutros orbes?*

Resposta: *"Nas expressões físicas, semelhante analogia é **impossível**, em face das leis substanciais que regem cada plano evolutivo."* (...) (grifo nosso)

Em "O Livro dos Espíritos", capítulo IV, parte II,

Kardec pergunta:

182. *É-nos possível conhecer exatamente o estado físico e moral dos diferentes mundos?*

Resposta: *"Nós, Espíritos, só podemos responder de acordo com o grau de* adiantamento em que vos achais. Quer dizer que **não devemos revelar estas coisas a** ***todos****, porque nem todos estão em estado de compreendê-las* ***e semelhante revelação os perturbaria.****"* (grifos nossos)

Agora, observemos um trecho extraído da obra de Ramatis "A Vida no Planeta Marte e Os Discos Voadores", que, ao que nos parece, está em plena contraposição ao exposto acima:

Pergunta: *Em Marte existe um só tipo racial ou são diversos?*

Ramatis: *"Os marcianos originaram-se de várias raças, mas atualmente apresentam dois tipos fundamentais ou predominantes, que sobrepujam os grupos remanescentes de outros troncos e de características mais heterogêneas. Em zonas análogas à vossa Europa (?), distingue-se o tipo alourado, de cabelos sedosos, de cor semelhante à da areia praieira e que alguns usam compridos, caídos poeticamente, até os ombros. A sua pele é delicada, num tom rosado, e a fisionomia tranqüila. Os olhos variam entre o cinzento-esverdeado e o azul claro, límpidos, translúcidos e impregnados daquela ternura que reflete a paz da alma. Esse tipo que é de caráter feminil, de movimentos poéticos e suaves, embora cerebralmente acima dos terrestres, revela a expressão familiar das crianças calmas, educadas e de caráter inofensivo.*

Noutra região, guardando características semelhantes aos que habitam nos vossos climas mais aquecidos, próximos do Equador, há outro tipo de menor estatura, variando entre um metro e meio a um metro e sessenta de altura, atarracado, de pele morena, muito lisa e luzidia, sem rugas, sinais ou manchas. Tem cabelo curto, rente; seus movimentos são vivos, enérgicos e decididos, exsudando muita vitalidade, expressiva da sua configuração mais masculina. Tipo de cabelo preto, olhos escuros, castanhos, aveludados, que refletem um misto de energia e brandura. Nota-se, em suas expressões gerais, o domínio da mente sobre a esfera emotiva, denunciando um tipo mais prático do que o alourado."

Comparemos o conteúdo dos relatos acima com o que disseram Emmanuel e o Espírito de Verdade e não nos será difícil chegar a uma conclusão acertada, tendo em vista os itens por nós anteriormente enumerados, principalmente os de número 1,2,7,8 e 11. Procure o leitor relê-los, por favor.

Ramatis, a seu turno, segue adiante, em minudências acerca da vegetação, do governo marciano, dos divertimentos, etc., até chegar à questão dos discos voadores. Num capítulo especial — que aliás foi extirpado das últimas edições do livro — a entidade espiritual confirma que, certa feita, um avião houvera sido desintegrado (!) por um disco voador provindo de Marte e que, falecendo o piloto, os marcianos tomaram seu espírito sob sua proteção e o reencarnaram em Marte. Interessante notar que tal episódio foi dado a conhecer pela imprensa num desses *"lacônicos telegramas das agências noticiosas"* a que se refere Vianna de Carvalho, e transcrito no livro de Ramatis como que intentando reafirmar o acontecido:

"Avião desintegrado. — Em 7-1-1948, (América do Norte) em Kentucky, surgiu sobre o campo de aviação Fort Knox, voando a grande altura, um objeto semelhante a um enorme cone invertido. Para investigação, decolaram 4 aviões

F 51. Uma notícia da época relata o caso como segue: — "Um dos aviões que alçaram vôo era pilotado pelo capitão Mantell, o qual, atingindo altura, entrou mais pelo céu a dentro, perseguindo o objeto. E pelo rádio ele informou: 'Vou segui-lo. Lá está ele. Parece metálico. É de proporções gigantescas. Está ganhando altura, rapidamente. Vou segui-lo até 20.000 pés. Se a essa altura não estiver perto, abandonarei a perseguição'.

Depois de tal comunicado não voltou a falar. Os outros três voltaram à base. Feitas investigações, o avião do capitão Mantell foi encontrado, em destroços, a algumas milhas de distância, e o cadáver do piloto nas mesmas condições.

Existe dúvida quanto ao que ocorreu lá nas alturas, mas em alguns círculos há uma crença persistente de que o capitão Mantell se aproximou demais e foi destruído por algum poder desconhecido da Terra."

Não é mencionada a fonte da notícia, mas é visível a pouca validade que ela contém perante a lógica e o bom senso. Além disso, contraria tudo o que Ramatis diz acerca da superioridade moral dos supostos habitantes de Marte e de seu adiantamento tecnológico, já que não tiveram alternativa senão lançar fogo contra o avião, transporte de características primárias se comparado às "ultravelozes naves marcianas", conforme acentua Ramatis.

E quanto aos marcianos reencarnarem o piloto em Marte? Seria isso possível de acontecer? Recorremos à Codificação, e dela extraímos o seguinte:

Pergunta 184 de "O Livro dos Espíritos":

" Tem o Espírito a faculdade de escolher o mundo onde deseja habitar?"

Resposta: *"Nem sempre. Pode pedir que lhe seja permitido ir para este ou aquele mundo e pode obtê-lo, se o merecer, porquanto* ***a acessibilidade dos mundos, para os Espíritos, depende do grau de elevação destes.****"*(grifos nossos)

"Se o Espírito nada pedir, o que é que determina o mundo em que ele reencarnará?"

Resposta: *"O grau da sua elevação."*

Foi a respeito de verdadeiras "gafes" como essa que Vianna de Carvalho se referiu como *"vagidos de ciência-ficção"* que poderiam *"fazer os espiritistas incorrerem no perigo do ridículo desnecessário"*. Com Vianna concordamos, sem sombra de dúvida... Ainda mais quando fomos pesquisar sobre Marte e recolhemos as seguintes informações, confrontando-as com as descrições de Ramatis. Vale lembrar que a referida entidade descreve o corpo físico dos marcianos como sendo de natureza material, e não semi-material, o que os tornaria invisíveis, assim como acontece com relação aos espíritos.

"Os conhecimentos mais detalhados sobre o planeta começaram a ser obtidos em 1976, quando duas naves americanas não tripuladas, as Viking I e II, entraram na órbita do planeta e lançaram módulos que, após aterrissarem em solo marciano, enviaram cerca de 50.000 fotos de sua superfície, ***atestando que a superfície do planeta apresenta enorme variedade****. No hemisfério sul dominam as planícies com muitas crateras, enquanto no hemisfério norte há vulcões altíssimos. O maior deles, o Monte Olympus, possui 550.000 metros de largura na base."* (grifos nossos) (Fonte: Almanaque Abril - 1991, pág. 259 e 264).

"Em 1971, a nave 'Mariner 9' enviou fotos e informações científicas que mudaram fundamentalmente a idéia que se tinha do planeta. Só a metade de sua superfície, principalmente no Hemisfério Sul, possui numerosas crateras. No Hemisfério Norte, descobriram-se quatro imensas montanhas vulcânicas, assim como um vasto sistema de desfiladeiros, fossas tributárias e canais estreitos, numa escala muito maior do que a dos acidentes geográficos encontrados na Terra. Aparentemente — ao contrário do que se pensava — o planeta dispõe de intensa atividade interna, que pode estar apenas começando; as séries de enormes desfiladeiros, de 80 a 120 km de comprimento e 5 a 7 km de profundidade, que se situam ao longo da linha do equador, a leste das regiões vulcânicas, sugerem isso. (...)

"O terreno caótico é um outro conjunto irregular de formas topográficas, e o terreno sem características não apresenta configurações topográficas reconhecíveis. O primeiro é praticamente destituído de crateras reconhecíveis e é evidentemente mais recente do que o terreno de crateras. Acredita-se que algo de extraordinário tenha acontecido nessas áreas, para que fossem geradas configurações topográficas específicas, em detrimento do solo com crateras. ***O terreno caótico excede em escala qualquer fenômeno semelhante existente na Terra. E também não parece haver análogo na superfície lunar***." (grifos nossos) (Almanaque Abril, 1986 - pág.: 632)

"Ainda está distante o dia em que o homem poderá pisar a superfície de Marte, como já fez na Lua; por enquanto, a exploração ainda é feita mediante sondas automáticas, como as do programa 'Mariner' e 'Viking' (EUA) e 'Marte' (URSS). A 'Mariner 4', lançada em 28-09-1964, chegou às proximidades do planeta em 14-07-1965, obtendo excelente série de fotografias; em meados de 1969, as 'Mariner 6' e '7' transmitiram fotografias em que apareciam detalhes do planeta, inclusive a cratera Nix Olímpica, com 480 km de diâmetro." (...) (Fonte:

Enciclopédia Barsa, vol.10 pág. 405)

Para comprovar que o mencionado Espírito retirou a descrição do Planeta Marte das informações já existentes na época e de sua fantasiosa imaginação, transcrevemos os trechos do livro "A Vida no Planeta Marte e os Discos..." (capítulo 1, 1ª ed., Editora da Boa Vontade) que deixam entrever absoluto desconhecimento acerca da topografia marciana, na medida em que contradiz, por completo, aquilo que a Ciência recentemente atestou através de fotografias que abrangeram 100% da superfície daquele planeta. Analisemos:

Pergunta: *"Há o degelo que a nossa Ciência constata através de seus telescópios?"*

Ramatis: *"Sim, e às vezes algo violento, principalmente porque* ***a superfície marciana é quase plana, com raras elevações****."* (...) (pág. 39)

Em relação às calotas polares existentes em Marte que, segundo Ramatis, sofrem um degelo violento, averiguamos o seguinte:

"As pesquisas mais recentes afirmam que:

1. ***regiões polares*** *— São as localizadas nas calotas polares, de cor branca, que aumentam e diminuem conforme regular período sazonal com temperatura cujas medidas em infravermelho indicam -195°C, sugerindo puro* ***dióxido de carbono congelado****. Deixam exposta uma camada residual de até 5 cm de espessura* ***que não se derrete, mas sublima-se, isto é, passa para o estado gasoso****. Daí, restos de vapor d'água são, certamente, encontrados na atmosfera, contudo, não parecem existir em estado líquido (rios)."* ("Vida em Outros Planetas", Dulcídio Dibo - Editora Lake)

Tais calotas, portanto, não passam para o estado líquido na quantidade a que se refere Ramatis, não formando rios nem mares, como erroneamente afirma o Espírito. Além disso, Ramatis assevera que tais calotas são compostas de água (H_2O), o que é uma inexatidão relevante, já que elas são, na verdade, compostas de dióxido de carbono congelado. Aliás, pudemos constatar, em nossos estudos, que não foram encontrados senão cristais de água em Marte, o que quer dizer que pode ter havido água em abundância naquele planeta, porém há milhões de anos. Constate, no entanto, o que afirma a mencionada entidade espiritual:

Pergunta: *"A água de Marte é igual à nossa?"*

RAMATIS: *"É algo semelhante, embora muitíssimo mais leve. Cremos que os vossos astrônomos, em recente análise espectral, devem ter verificado que* ***as neves e as nuvens, em Marte, são compostas quimicamente de*** H_2O, *variando, no entanto, quanto à especificidade e peso. Sob reações científicas, pode ser igualada à da Terra; porém o marciano prefere para o seu uso um tipo de 'água pesada', grandemente radioativa e que melhor lhe nutre o sistema 'organo-magnético'."* (pág.40) (grifos nossos)

Pergunta: *"A composição das calotas polares é, realmente, produto de gelo acumulado, à semelhança de nossos pólos?"*

RAMATIS: *"Nisso a ciência terrena não se equivocou, inclusive na anotação das nuvens azuladas, que registrou em suas observações. O que por vezes nos surpreende, é que a mesma ciência, negando oxigênio suficiente em Marte, anota calotas polares e nuvens azuladas que resultam sempre de* ***hidrogênio e oxigênio, na fórmula comum****. (...)"* (pág.40) (grifos nossos)

Outra imprecisão científica cometida por Ramatis foi em relação à temperatura em Marte, que contrasta com as informações das sondas que lá estiveram bem recentemente.

Confira:

Pergunta: *"Qual a temperatura natural de Marte, baseando-nos em nossas convenções termométricas?"*

RAMATIS: *"Nas regiões equatoriais a temperatura oscila de* ***25 a 30 graus****, a qual é agradabilíssima ao sistema biológico marciano.* ***Chove*** *raramente; e, devido às quedas bruscas, à noite são comuns as geadas."* (...) (pág.37) (grifos nossos)

Já a verdade científica assevera:

"Observações por meio de raios infravermelhos demonstraram que a temperatura média de todo o planeta é de -72° C, com uma temperatura máxima equatorial ao meio-dia de 27°C. Como a variação diária desde o meio-dia até à meia-noite, no equador marciano, é de aproximadamente 82° C, acredita-se que a atmosfera de Marte seja muito espessa, e, portanto, não retenha calor." (Almanaque Abril 1986 - pág. 632)

Para concluir esta parte de nossos estudos acerca do planeta Marte em confronto com o que diz Ramatis em sua obra "A Vida no Planeta Marte", transcreveremos mais um trecho surpreendente da mencionada literatura, que, em nossa avaliação, prima pela incorreção e pelo desconhecimento total da realidade geológica e topográfica daquele planeta.

Pergunta: *"Há muitos oceanos, iguais aos nossos e existem zonas desertas?"*

RAMATIS: *"A superfície líquida é muito menor do que a sólida, e suas águas se infiltram bastante no solo. Os* ***mares*** *são pouco profundos e os continentes muito recortados, existindo enseadas e golfos em quantidade. Quanto às áreas desertas, existem algumas, de areia fulva; nas outras zonas existem campos de cultura, os bosques e exuberante vegetação que se estendem à margem dos canais* *suplementares ou artificiais. E os imensos cinturões que observais, da Terra, quais bordados de verdura forrando as zonas ribeirinhas dos canais, são constituídos de ubérrima vegetação sob controle científico."* (pág. 38)

*

Dulcídio Dibo, esse admirável pesquisador espírita, classifica a obra de Ramatis como sendo literatura "pseudo-espírita" e explica por quê:

"Um grande grupo de obras de ficção são escritas 'psicograficamente' por espíritos, ditos cultos. São obras atribuídas ou ditadas por espíritos que teriam visitado, pessoalmente, ou melhor, 'espiritualmente', outros planetas e transmitido seus relatos aos 'médiuns'. No Brasil encontram-se **vários desses trabalhos inseguros**, ingênuos, apesar de apresentarem grande receptividade em ambientes onde não existe estudo do aspecto científico ou mesmo do método utilizado por Allan Kardec. (...)

Entre os autores mais festejados destacamos Ramatis, com sua obra 'psicografada' por Hercílio Maes, 'A Vida no Planeta Marte e os Discos Voadores' (1956)."

Dibo ressalta, ainda, que "é bom lembrar que Allan Kardec não aceitava comunicações dessa espécie como válidas. Mesmo no tocante às comunicações do espírito Mozart sobre Júpiter, a posição espírita foi de reserva e expectativa. **O Espiritismo somente tem por objetivo o Espírito, suas manifestações na Terra e suas relações com os homens**."

Segundo o pesquisador espírita, "o Espiritismo estuda e pesquisa o mundo espiritual e não mundos materiais". E conclui:

"Decorre que muitas comunicações sobre a vida em outros planetas contrariam os princípios metodológicos do Espiritismo, além de estarem frontalmente opostas aos resultados das pesquisas astronômicas e científicas em geral.

Portanto, deduzimos que:

1. ***Não são todas*** *as comunicações dos espíritos (mesmo os conhecidos como* astrônomos) que devem ser consideradas válidas;

2. *A pluralidade dos mundos habitados é corolário do princípio da reencarnação e vice-versa:* ***é neste sentido*** *que as informações dos espíritos interessam ao Espiritismo, cujo objetivo é* ***estudar e pesquisar o mundo espiritual e não mundos materiais.***

3. *O problema científico do esclarecimento da* ***vida material*** *em outros planetas* ***não compete*** *à Doutrina Filosófica Espírita mas, sim, à Astronomia e, mais recentemente, à Astronáutica. Da mesma maneira, o problema da* ***vida espiritual*** *em outros planetas ou astros* ***compete*** *à Doutrina Filosófica Espírita.*

4. *A pesquisa das condições dos ambientes ecológicos dos planetas e de seus* possíveis habitantes **pertence aos homens** e não aos espíritos;

5. *Os espíritos* ***podem e estão transmitindo*** *as informações que quiserem; contudo, o Espiritismo deve aguardar as confirmações, ou não, da habitabilidade dos planetas pelas pesquisas científicas dos homens." (grifos originais)*

Quanto às comunicações do Espírito Georges sobre Marte, Kardec não as incluiu em "O Livro dos Espíritos", preferindo apenas informar que Marte **seria** inferior à Terra, e Júpiter, superior, aceitando tal informe como mera hipótese.

*

Ainda incursionando em temas astronômicos, Ramatis procura transparecer conhecimentos que está longe de possuir e, seguro de si, dispara:

"Os planetas que compõem o tráfego em torno do Sol que equilibra vosso sistema, não são nove, porém, doze! Não vos dista muito a descoberta de outro, cuja massa rígida trará modificações de cálculos astronômicos." ("A Vida No Planeta Marte e os Discos...", pág. 376)

Em "Mensagens do Astral", pág.77, também de sua autoria, confirma, com ares místicos:

"...E ainda surgirão outros três planetas na vossa constelação, a fim de completarem a corte dos 'doze apóstolos planetários do Cristo Solar'."

Contrariando tais pretensiosas assertivas, até o momento a Astronomia e a Astronáutica nada verificaram nesse sentido. No ramo da Astronomia, o telescópio de longo alcance *Hubble*, colocado em órbita pela nave *Discovery* em 1990, já registrou imagens de todo o Sistema Solar. O aparelho é capaz de observar fenômenos a 14 bilhões de anos-luz de distância (um ano-luz equivale a 9,5 trilhões de quilômetros) e de captar luz emitida nos primórdios da formação do Universo. No ramo da Astronáutica, diversas sondas já foram várias vezes lançadas para além de nossa galáxia, já registraram a existência de mais de 15 galáxias e as fotografaram.

Com todo esse avanço alcançado, é difícil crer que ainda haja três planetas a serem descobertos. Nosso Sistema há muito foi transposto em suas fronteiras!

Recentemente anunciou-se a descoberta de um planeta **fora** do Sistema Solar, na órbita da estrela pulsar B1257+12 na Constelação de Virgem, a aproximadamente 1.200 anos-luz da Terra (11 trilhões de quilômetros), o que vem ao encontro de nossas premissas anteriores de que a Ciência já conta com o devido know-how para atestar que somente existem nove planetas girando em torno do Sol. Alguns cientistas, porém, têm aventado a possibilidade de haver um décimo planeta no sistema solar. No entanto, não se animem os ramatisistas de plantão: se existissem mais dois, os estudos astronômicos baseados em cálculos e observações de grande profundidade técnica certamente já os teriam apontado.

Capítulo IV

MENSAGENS ATEMORIZANTES

O Futuro do Planeta Terra

Tais questões, diferentemente daquelas referentes ao planeta Marte, terão de esperar mais algum tempo para que recebam um veredicto final. No entanto, mais uma vez, aplicaremos o método da concordância entre os Espíritos com o intuito de aclarar tais questões, pela apreensão que suscitam.

Em pessoas mais sensíveis que lêem trechos como os que transcreveremos abaixo, essa apreensão pode adquirir foros de horror. Repare a retumbância de tais "profecias", que acabam repercutindo em todo o movimento espírita de maneira dramática entre os desavisados, que se apavoram de pronto com a descrição de um suposto planeta apelidado de "chupão", que causaria destruição na medida em que deslocaria a Terra de seu eixo magnético por volta do ano 2000.

O pior disso tudo é que atribuíram a Chico Xavier a invenção do termo "chupão" para designar o referido planeta, o que é algo totalmente falso. Não houve qualquer declaração do querido médium acerca desse assunto, o que caracteriza, aí, mais um desses boatos criados com o intuito de reduzir o Espiritismo a mais uma dessas seitas que exploram a questão do fim dos tempos de maneira sensacionalista e aterradora, no intuito de criar uma atmosfera de "salve-se quem puder, pois a tragédia é iminente".

No livro "Encontros do Tempo", de Hércio Marcos C. Arantes, encontramos a seguinte resposta de Chico Xavier sobre o assunto, em verdadeiro desmentido ao que se disse a respeito:

Pergunta: *"Se os Espíritos têm idades diferentes, chegado o Terceiro Milênio, os que não tiveram chances de evoluir e permanecem atrasados, serão arrastados com os maus para um planeta de vivência primitiva?"*

Resposta: *"Muitas realizações para o Terceiro Milênio, segundo Emmanuel, poderão talvez ocorrer depois de 2990. Imaginemos, pois, certos fenômenos de triagem na coletividade humana para séculos não muito próximos. Os Amigos Desencarnados afirmam que na próxima galáxia, de cuja vida e grandeza compartilhamos, existem numerosos mundos de feição primitiva, aptos a nos receberem para estágios mais simples de progresso espiritual, caso não queiramos seguir o surto de elevação em que a nossa Terra está penetrando."*

O que nos entristece mais é que se multiplica a literatura, em nosso meio, que trata desse assunto de maneira tão infeliz. Companheiros nossos elaboram obras onde fica evidenciada a influência do pensamento ramatisiano, misturada a trechos de obras aceitas no meio espírita que, segundo seus autores, parecem corroborar exatamente aquilo que Ramatis profetizou para o fim deste século. O único pensamento que se aproxima do de Ramatis sobre a questão é o de Edgard Armond, encontrado no livro "Os Exilados de Capela":

"... Como sua órbita é oblíqua (a do 'astro intruso') em relação ao eixo da Terra, quando se aproximar de mais perto e pela força magnética de sua capacidade de atração de massas, promoverá a verticalização do eixo com todas as terríveis conseqüências que este fenômeno produzirá."

"*... Com a verticalização do eixo da Terra profundas mudanças ocorrerão: maremotos, terremotos, afundamento de terras, elevação de outras, erupções vulcânicas, degelos e inundações de vastos territórios planetários, profundas alterações atmosféricas, fogo e cinzas, terror e morte de toda a parte.*" (9° ed. LAKE, pág.194)

Ramatis, por sua vez, faz as seguintes previsões atemorizantes:

"*...A fase mais intensa da modificação física situar-se-á entre os anos de* ***1982*** *e* ***1992****, e os efeitos se farão sentir até o ano de 1999, pois o advento do terceiro milênio será sob os* ***escombros*** *que, em todas as latitudes geográficas, revelarão o maior ou menor efeito dos eventos dos '****fins dos tempos****'. Daqui a mais alguns anos, os vossos geofísicos anunciarão, apreensivos, a verdade insofismável: 'O eixo da Terra está se verticalizando' !!!*" (grifos nossos) (*in* "Mensagens do Astral", pág.37 - 8° edição - Ed. Freitas Bastos)

"Até o final deste século, libertar-se-ão da matéria dois terços da humanidade, através de comoções sísmicas, inundações, maremotos, furacões, terremotos, catástrofes, hecatombes, guerras e epidemias estranhas. O conflito entre o continente asiático e o europeu, já mentalmente delineado entre os homens para a segunda metade do século, com a cogitação do emprego de raios incendiários e da arma atômica, comprovará a profecia de João, quando vos adverte de que o mundo será destruído pelo fogo e não mais pela água.

Em virtude de os cientistas não poderem prever com absoluto êxito os efeitos de vários tipos de energias destrutivas, que serão empregadas na ***hecatombe final,*** *mesmo no período de paz e com o mundo exausto, surgirão estranhas epidemias, deformando, diluindo e perturbando os genes formativos de muitas criaturas, do que resultarão sofrimentos para as próprias gestantes!"* (pág. 190)

Ramatis é concorde com o que consta na criticada obra "Os Quatro Evangelhos" (ed. FEB) de J.B. Roustaing, considerada apócrifa por muitos pelos conceitos que veicula, tidos como contrários à Doutrina Espírita, e válida pelos dirigentes febianos, que a denominam "Revelação da Revelação". Duas das teorias mais criticadas, presentes na citada obra, ensinadas pelos Espíritos que se comunicaram com o advogado francês, são as do "corpo fluídico de Jesus" e, pasmem, da metempsicose, ensinada pelos orientais e que adquiriu no pensamento roustainguista uma versão "mais moderna", em que Espíritos retrogradam à condição de "**criptógamos carnudos**", ou seja, autênticas lesmas, a fim de resgatarem seus débitos quando da "queda angélica"! Certifique-se o leitor da posição roustainguista sobre o final dos tempos:

"Estas palavras de Jesus: 'Ai das mulheres então grávidas e das que amamentarem', consideradas do ponto de vista das ***revoluções físicas, inevitáveis para a renovação planetária****, não objetivaram mais do que pôr em destaque a grandeza dessas calamidades, que não pouparão nem a criancinha do peito, nem o nascituro, que ferirão as mães nas suas mais caras esperanças."* (pág.329 - terceiro volume - 5ª ed. FEB)

Nota: Em relação a Armond, cabe-nos a referência ao grande serviço no campo da caridade desenvolvido por sua pessoa. No que concerne às suas posições doutrinárias, não concordamos com elas. Sua defesa da inserção da cromoterapia nas casas espíritas, a grande influência esotérica, e muito do que consta em sua obra "Os Exilados de Capela", principalmente no que se refere aos "fins dos tempos", colidem com as mais autênticas posições doutrinárias espíritas, o que acabou ocasionando algumas críticas ao seu trabalho de divulgador.

Prossegue Ramatis:

"Quando se fizer a conjunção dos efeitos do ***astro intruso*** *com os efeitos da loucura humana, no mau emprego da desintegração atômica,* ***a Terra será abrasada****. Sobre isso não tenhais dúvidas!"* (grifamos) (pág.219)

Após tais previsões tenebrosas, faz-se necessário recorrer à lucidez espiritual de Joanna de Ângelis, que aborda a questão e faz um alerta de tal forma veemente, que deixa claro o posicionamento da Espiritualidade Superior acerca de Ramatis e suas idéias:

"Lidando com os Espíritos, (a Doutrina Espírita) *adverte os homens quanto ao Mundo da Erraticidade, cujos habitantes, procedentes na sua grande massa da Terra, prosseguem com os hábitos e valores que lhes são próprios..."*

Não estimula fantasias mirabolantes nem **profetismo aparvalhante**.

As premonições que procedem dos seus textos fulgurantes são colimadas pela esperança da vitória do Bem e estribadas na perfeita identificação com o ensino do CRISTO sobre **os fins dos tempos,** em que o mal desaparecerá, mas os maus serão resgatados pela redenção deles mesmos.

Não são Espíritos Superiores aqueles que se atribuem o direito de inquietar os homens com prognósticos tenebrosos em relação ao futuro ou com fantasias exageradas sobre o progresso com que tal se dará.

Acautelemo-nos dos exageros de qualquer procedência, aprofundando reflexões nas fulgentes páginas do Evangelho e da Doutrina Espírita, nas quais hauriremos valor e recursos para o êxito dos tentames evolutivos.

JESUS é mestre e **KARDEC** revelou-se-nos discípulo superior, modelo para todos nós, que desejamos alcançar a meta da perfeição.

O Espiritismo, à semelhança do Cristianismo, é claro como o Sol. **Os erros que** possam aparecer em seu nome correm por conta da invigilância de médiuns ociosos **ou emocionalmente perturbados, mas que não alcançam o cerne da Doutrina. Pervagam pelo movimento tais profecias assustadiças**, que agradam a uma faixa de mentes inquietas ou ociosas e **marcham para o olvido**.

Sem embargo, a Revelação, em toda a sua eloqüência, permanecerá como o farol abençoado para os tempos porvindouros do amanhã, clareando rotas e iluminando consciências nos rumos da Vida Verdadeira." (grifos nossos) (*in* "Após a tempestade", ed. LEAL, capítulo 23, intitulado 'Fantasias Espirituais')

Consideramos a mensagem acima como o alerta mais claro e objetivo da Espiritualidade acerca do conteúdo das mensagens de Ramatis. Joanna de Ângelis não declina nomes, porém, pelo critério da eliminação, não nos cabe alternativa senão aferir que é a Ramatis que ela se refere, pois não há qualquer outro Espírito conhecido em nossos meios que se refira ao *final dos tempos* dessa maneira, com prognósticos de tal forma aterradores. Joanna afirma que tal sorte de ensinos "marcham para o olvido", isto é, serão esquecidos pois que não se cumprirão. Aliás, já podem ser olvidados, se levarmos em conta o que diz Humberto de Campos em "Crônicas de Além-Túmulo" (FEB), psicografado por Francisco C. Xavier. Segundo o autor espiritual, estamos além do ano 2000, já que houve um erro de 5 anos na avaliação do ano do nascimento de Jesus. Alguns astrônomos, como o brasileiro Rogério Mourão, igualmente verificaram a inexatidão dessa contagem.

Vianna de Carvalho também se pronunciou acerca das previsões sobre o fim dos tempos em mensagem intitulada "Esquisitices e Espiritismo", constante do livro *"Enfoques Espíritas"* (ed. CAPEMI), psicografado por Divaldo P. Franco. O autor espiritual, ao analisar o conteúdo das mensagens de cunho sensacionalista que hoje em dia ganham notoriedade entre nós, esclarece acerca da índole dos espíritos responsáveis por tais relatos:

(...) "Prognosticam, proféticos, os ***fins dos tempos*** *chegados e, imaginosos, recorrem ao pavor e à linguagem empolada, repetindo as proezas confusas de videntes atormentados do pretérito, atormentados que são, a seu turno, no presente."* (pág.137)

Em "Reflexões Espíritas" (ed. LEAL), Vianna de Carvalho tece as seguintes considerações sobre aqueles que se deixam embair por essas questões fantasiosas:

(...) "Convidados à fé religiosa, apegam-se aos mitos, que vitalizam, repetindo as fantasias da infância. E quando a lógica lhes demonstra o desvalor desse atavismo, dizem-se cépticos, indiferentes... No entanto, permanecem vulneráveis ao ***fantástico****, ao* ***fantasioso****, ao milagreiro, ao* ***aterrador****, adotando* ***crenças extravagantes na área das revelações espirituais****. Preferem as* ***informações atemorizantes****, as* ***profecias de horror e destruição****, os* ***intercâmbios intergalácticos****, assim transmudando os*

conflitos em auto-afirmação, concedendo-se os privilégios de serem ***escolhidos****, selecionados para o conhecimento de verdades que os outros não têm mérito para conhecer e privar."* (grifamos)

Pudemos notar que Ramatis deixa registrado que seria durante os anos de 1982 e 1992 que a humanidade sofreria os impactos mais violentos do fenômeno de elevação do eixo terrestre. Creio seja de senso geral que absolutamente nada de verdadeiramente extraordinário ocorreu nesse período. Houve terremotos e furacões aqui e ali, é certo; no entanto, tais acontecimentos vêm se dando desde muito na face da Terra e estão inseridos dentro de um contexto de naturalidade, que a Ciência averigua e informa bem a contento, sem qualquer nuance do sensacionalismo vulgar, peculiar aos que julgam tais fenômenos como sendo prenúncios de revoluções físicas maiores.

A previsão de Ramatis não se confirmou, o que já constitui, para nós, forte indício de que suas teorias a esse respeito são absolutamente falsas. Foi ele mesmo quem demonstrou seguir esse critério de verificação quando afirmou:

"Desde que os maus acontecimentos profetizados se realizem, não devem eles ser considerados maus profetas, visto que os fatos que previram, embora fossem trágicos, estavam nos desígnios de Deus, e os exaltam, portanto, como profetas de real capacidade. ***Quando um profeta não acertar em sua má predição, deveis apenas considerá-lo um incapaz, classificado entre os prognosticadores inofensivos, fanfarrões ou intrometidos, aos quais falta até o dom para o mau agouro!****"* (grifamos) (*in* "Mensagens do Astral", pág.77 – 8ª ed. Freitas Bastos)

Allan Kardec, em "O Livro dos Médiuns", pág. 374

(ed. FEB), indaga:

"Por que, quando fazem pressentir um acontecimento, os espíritos sérios de ordinário não determinam a data? Será por que não o possam, ou por que não queiram?"

Resposta: *"Por uma e outra coisa. Eles podem, em certos casos, fazer que um* acontecimento seja pressentido: nessa hipótese, é um aviso que vos dão. Quanto a precisar-lhe a época, é freqüente não o deverem fazer. Também sucede com freqüência não o poderem, por não o saberem eles próprios. Pode um Espírito prever que um fato se dará, mas o momento exato pode depender de acontecimentos que ainda não se verificaram e que só Deus conhece.

Os Espíritos levianos, que não se escrupulizam de vos enganar, esses determinam os dias e as horas, sem se preocuparem com que o fato predito ocorra ou não." (grifos nossos)

Ramatis comumente cita, em suas obras, videntes do passado e suas previsões acerca do final dos tempos. Nomes como Nostradamus, os profetas bíblicos Daniel e João, são os que mais sugerem respeito em meio a outras figuras não tão abalizadas e que evidenciaram, em suas previsões, profunda confusão de raciocínio. Não nos deteremos na análise das previsões por eles realizadas, por entendermos que elas se encontram encobertas por um simbolismo todo próprio, encerrando verdades profundas sobre o futuro da humanidade. Esse futuro, estamos convictos, está estribado nos desígnios de Deus e só Ele o conhece, facultando a nós somente noções muito esparsas, que a imaginação de alguns procura especular sem efeito.

O Espírito Odilon Fernandes tece as seguintes considerações sobre o assunto, em capítulo intitulado "Médiuns Proféticos", iniciando com a seguinte citação de

"O Livro dos Médiuns":

"Se há verdadeiros profetas, mais ainda há os falsos, e que tomam os sonhos de sua imaginação por revelações, quando não são velhacos que, por ambição, se fazem passar por tais." (Cap. XVI - Segunda Parte- item 190)

"O médium profético, raro hoje em dia, porque o porvir da humanidade é evidente para os que raciocinam, é um médium facilmente manobrado pelos Espíritos pseudo-sábios e levianos que, num delírio de grandeza espiritual, imaginam deter o conhecimento do futuro quando, na realidade, mal saberiam prever a própria sorte. (...)

Normalmente, o médium profético é um médium sem maiores esclarecimentos doutrinários porque, caso contrário, saberia que **os Espíritos Superiores não se entregam a esse tipo de prática mediúnica com a freqüência com que se pode observá-la no mundo**.

Quase sempre, as ditas profecias aparecem às vésperas das grandes transformações pelas quais deve passar a humanidade. Neste ocaso de milênio, eles haverão de se multiplicar pela predisposição mental de que algo aconteça de extraordinário para que as coisas se modifiquem.

Qualquer mensagem de tom profético, seja ditada pelo Espírito que for e venha através do médium de maior respeitabilidade possível, deve ser analisada criteriosamente, mesmo porque as profecias, como podemos constatar no livro de Jonas, não são infalíveis." ("Mediunidade e Evangelho", IDE, médium Carlos Bacelli)

Kardec, em "O Livro dos Médiuns", já elucidava quanto às intenções dos Espíritos quando estes se prontificam a realizar previsões e revelações retumbantes:

"De que serve o ensino dos Espíritos, dirão alguns, se não nos oferece mais certeza do que o ensino humano? Fácil

é a resposta. Não aceitamos com igual confiança o ensino de todos os homens e, entre duas doutrinas, preferimos aquela cujo autor nos parece mais esclarecido, mais capaz, mais judicioso, menos acessível às paixões. Do mesmo modo se deve proceder com os Espíritos. Se entre eles há os que não estão acima da Humanidade, muitos há que a ultrapassaram; estes nos podem dar ensinamentos que em vão buscaríamos com os homens mais instruídos. É a distingui-los da turba dos Espíritos inferiores que devemos nos aplicar, se quisermos nos esclarecer, e é a essa distinção que conduz o conhecimento aprofundado do Espiritismo. Porém, mesmo esses ensinamentos têm um limite e, se aos Espíritos não é dado saberem tudo, com mais forte razão isso se verifica relativamente aos homens. Há coisas, portanto, sobre as quais será inútil interrogar os Espíritos, ou porque lhes seja defeso revelá-las, ou porque eles próprios as ignoram e a cujo respeito apenas podem expender suas opiniões pessoais. Ora, ***são essas opiniões pessoais que os Espíritos orgulhosos apresentam como verdades absolutas. Sobretudo, acerca do que deva permanecer oculto, como o futuro e o princípio das coisas, é que eles mais insistem, a fim de insinuarem que se acham da posse dos segredos de Deus. Por isso, sobre esses pontos é que mais contradições se observam".*** (Capítulo XXVI I - item 300)

Com o intuito de esclarecer bem a questão, vejamos o que consta em "A Gênese", esse livro tão pouco prestigiado pela maioria dos espíritas, mas que encerra conhecimentos importantíssimos para o estudo do Espiritismo em sua abordagem científica.

Já na Introdução, Kardec reafirma a importância do critério da concordância entre os ensinos dos Espíritos:

"Sem embargo da parte que toca à atividade humana

na elaboração desta Doutrina, a iniciativa da obra pertence aos Espíritos, porém não constitui a opinião pessoal de nenhum deles. Ela é, e não pode deixar de ser, a resultante do ensino coletivo e concorde por eles dado. Somente sob tal condição se lhe pode chamar Doutrina dos Espíritos. Doutra forma, não seria mais do que a doutrina de um Espírito e apenas teria o valor de uma opinião pessoal.

Generalidade e concordância no ensino, esse o caráter essencial da Doutrina, a condição mesma da sua existência, donde resulta que **todo princípio que ainda não haja recebido a consagração do controle da generalidade não pode ser considerado parte integrante dessa mesma doutrina. Será uma simples opinião isolada, da qual não pode o Espiritismo assumir a responsabilidade**. (grifamos).

Essa coletividade concordante da opinião dos Espíritos, passada, ao demais, pelo critério da lógica, é que constitui a força da Doutrina Espírita e lhe assegura a perpetuidade. Para que ela mudasse, fora mister que a universalidade dos Espíritos mudasse de opinião e viesse um dia a dizer o contrário do que dissera. Pois que ela tem sua origem no ensino dos Espíritos, para que sucumbisse seria necessário que os Espíritos deixassem de existir. É também o que fará que prevaleça sobre todos os sistemas pessoais, cujas raízes não se encontram por toda parte, como com ela se dá."

Lembrando ao leitor que é por esse critério lógico que as revelações do mundo espiritual devem ser ou não aceitas, pois que Deus não deu a um só a posse da Verdade, analisemos os esclarecimentos inseridos no comentário de Kardec sobre o chamado fim dos tempos, após a transcrição de alguns trechos do Evangelho que tratam do assunto. Transcreveremos apenas dois deles a título de ilustração:

"Logo depois desses dias de aflição, o Sol se obscurecerá e a Lua deixará de dar sua luz; as estrelas cairão e as potestades dos céus serão abaladas.

Então, o sinal do Filho do homem aparecerá no céu e todos os povos da Terra estarão em prantos e em gemidos e verão o Filho do homem vindo sobre as nuvens do céu com grande majestade.

Ele enviará seus anjos, que farão ouvir a voz retumbante de suas trombetas e que reunirão seus eleitos dos quatro cantos do mundo, de uma extremidade a outra do céu.

Aprendei uma comparação tirada da figueira. Quando seus ramos já estão tenros e dão folhas, sabeis que está próximo o estio. Do mesmo modo, quando virdes todas essas coisas, sabei que vem próximo o Filho do homem, que ele se acha como que à porta.

Digo-vos, em verdade, que esta raça não passará, sem que todas essas coisas se tenham cumprido." (Mateus, cap. XXIV, versículos 29 a 34)

"Quando virdes que a abominação da desolação, que foi predita por Daniel, está no lugar santo; — fujam então para as montanhas os que estiverem na Judéia; — não desça aquele que estiver no telhado, para levar de sua casa qualquer coisa; — e não volte para apanhar suas roupas aqueles que estiverem no campo. — Mas, ai das mulheres que estiverem grávidas ou amamentando nesses dias. — Pedi a Deus que a vossa fuga não se dê durante o inverno, nem em dia de sábado — porquanto a aflição desse tempo será tão grande como ainda não houve igual desde o começo do mundo até o presente e como nunca mais haverá. — E se esses dias não fossem abreviados, nenhum homem se salvaria; mas esses dias serão abreviados em favor dos eleitos. (Mateus, cap.

XXIV, versículos 15 a 22.)

(item) 54. — *"É evidentemente alegórico este quadro do fim dos tempos, como a maioria dos que Jesus compunha. Pelo seu vigor, as imagens que ele encerra são de natureza a impressionar inteligências ainda rudes. Para tocar fortemente aquelas imaginações pouco sutis, eram necessárias pinturas vigorosas, de cores bem acentuadas. Ele se dirigia principalmente ao povo, aos menos esclarecidos, incapazes de compreender as abstrações metafísicas e de apanhar a delicadeza das formas. A fim de atingir o coração, fazia-se-lhe mister falar aos olhos, com o auxílio de sinais materiais, e aos ouvidos, por meio da força da linguagem. (...)*

55. — *"É de notar-se que, entre os antigos, os tremores de terra e o obscurecimento do Sol eram acessórios forçados de todos os acontecimentos e de todos os presságios sinistros. Com ele deparamos, por ocasião da morte de Jesus, da de César e num sem número de outras circunstâncias da história do paganismo. (...)*

56. — *"Entretanto, sob essas alegorias, grandes verdades se ocultam. Há, primeiramente, a predição das calamidades de todo gênero que assolarão e dizimarão a Humanidade, calamidades decorrentes da luta suprema entre o bem e o mal, entre a fé e a incredulidade, entre as idéias progressistas e as idéias retrógradas. Há, em segundo lugar, a difusão, por toda a Terra, do Evangelho restaurado na sua pureza primitiva; depois, a do reinado do bem, que será o da paz e da fraternidade universais, a derivar do código de moral evangélica, posto em prática por todos os povos. Será, verdadeiramente, o reino de Jesus, pois que ele presidirá a sua implantação, passando os homens a viver sob a égide da sua lei. Será o reinado da felicidade,*

porquanto diz ele que - 'depois dos dias de aflição, virão os de alegria'.

57. — *"Quando sucederão tais coisas? 'Ninguém o sabe, diz Jesus, nem mesmo o Filho'. Mas, quando chegar o momento, os homens serão advertidos por meio de sinais precursores. Esses indícios, porém, não estarão no Sol, nem nas estrelas; mostrar-se-ão no estado social e nos fenômenos mais de ordem moral do que físicos e que, em parte, se podem deduzir das suas alusões. (...)*

58. — *"Será que, predizendo a sua segunda vinda, era o fim do mundo o que Jesus anunciava, dizendo: 'Quando o Evangelho for pregado por toda a Terra, então é que virá o fim'? Não é racional se suponha que Deus destrua o mundo precisamente quando ele entra no caminho do progresso moral, pela prática dos ensinos evangélicos. Nada, aliás, nas palavras do Cristo, indica uma destruição universal, que em tais condições, não se justificaria.*

Devendo a prática geral do Evangelho determinar grande melhora no estado moral dos homens, ela, por isso mesmo, trará o reinado do bem e acarretará a queda do mal. ***É, pois, o fim do mundo velho, do mundo governado por preconceitos, pelo orgulho, pelo egoísmo, pelo fanatismo, pela incredulidade, pela cupidez, por todas as paixões pecaminosas, que o Cristo aludia, ao dizer: 'Quando o evangelho for pregado por toda a Terra, então é que virá o fim'. Esse fim, porém, para chegar, ocasionaria uma luta e é dessa luta que advirão os males por ele previstos.*** *"* ("A Gênese", capítulo XVIII)

Vianna de Carvalho, através da valiosa mediunidade de Divaldo Franco, em mensagem intitulada "Gratidão a Allan Kardec", mais uma vez nos concita a seguirmos o bom senso kardequiano na apreciação das comunicações espirituais e adverte:

"Quando as Ciências se afirmavam e a fé cega cedia lugar à razão, ele soube arrancar dos fenômenos curiosos das mesas girantes uma **doutrina integral**.

Portador de sensibilidade acurada, mantendo um alto senso crítico, Allan Kardec mergulhou o bisturi da investigação no organismo da morte e estabeleceu a linha direcional para o comportamento humano responsável em torno da imortalidade.

Ele não se deteve no umbral das investigações, fascinado pelas informações espirituais que lhe chegaram. Tampouco se deixou apaixonar, em momento nenhum, pelas conquistas enobrecedoras.

Perquiriu, com raciocínio claro, examinou com imparcialidade, investiu o tempo e a vida na busca da Verdade, para brindar a humanidade com o Consolador que Jesus havia prometido. (...)

Profetizou a evolução da humanidade e o papel que o Espiritismo deveria desempenhar na transformação do homem.

Advertiu todos aqueles que se adentrassem no comportamento espírita para que examinassem em profundidade a Doutrina, não se deixando embair pelas idéias fantasistas ou pelas profecias de arrastamento, sem conteúdo. (em "Reflexões Espíritas", 1° ed. LEAL - págs. 16/17)

As transformações ocorrerão, pois, no íntimo das criaturas, ocasionando uma revolução, não nas camadas da Terra, mas no campo moral, onde ocorrem as verdadeiras mudanças capazes de tornar a Terra um planeta melhor, ascendendo assim à condição de planeta de regeneração, e não mais de provas e expiações.

No entanto, é chegada a hora em que certo número de Espíritos têm de seguir um rumo diverso do restante da Humanidade, pela disposição ao mal que insistem em manter, apesar dos constantes chamamentos que lhes são feitos no sentido de procurarem redimir-se.

Pouco e pouco, tais Espíritos são afastados do orbe terrestre e emigram para planetas que condizem mais com seus estágios evolutivos. Isto representa dizer que, por afinidade, estes são *atraídos* a orbes outros, até mesmo inferiores à Terra.

Tudo leva a crer que este processo já esteja ocorrendo, estando muitos Espíritos a desfrutar das últimas oportunidades de retificação, necessárias à sua permanência na Terra.

É isso que a universalidade dos Espíritos nos informa acerca do juízo final, e que consta em "A Gênese" de Allan Kardec e de muitas outras fontes eminentemente sérias da literatura espírita.

Não confundamos, portanto, "alhos com bugalhos". As verdades contidas no *Apocalipse* nada têm a ver com o "profetismo aparvalhante" a que se refere Joanna de Ângelis, mas sim alardeiam a vitória do bem em todas as partes, pois que esta é a vontade de Deus.

Não é sensato crer que tão-somente uma catástrofe venha a mudar as disposições das criaturas e transformar a Terra em um paraíso. Ainda mais agora que, cada vez mais, as sociedades se irmanam em movimentos vários de solidariedade, e que o Espiritismo vem cumprir a missão que Lhe cabe perante a humanidade.

As imagens fortes de que certo número de videntes se utilizam, como é o caso de Nostradamus, recheadas de símbolos e obscurantismos, nos impelem a crer que tais relatos não devam ser interpretados ao pé da letra, haja vista que não há concordância entre qualquer um dos intérpretes das visões do referido profeta. Já contam centenas o número de obras publicadas sobre as *Centúrias* e todas elas são discordantes entre si. Pela ambigüidade das profecias, pode-se emprestar a elas o significado que se queira. Tenhamos cuidado, pois, ao dar crédito a essas previsões, tendo em mente que, como disse Jesus, acerca do "fim dos tempos" e os sinais precursores: "Ninguém o sabe, nem os anjos que estão no céu, nem o filho, mas somente o Pai." (Marcos, XII, 32)

O prof. Rino Curti, em seu livro "As Epístolas de Paulo e o Apocalipse de João segundo o Espiritismo" (FEESP), analisa com muito critério as profecias de João e comenta, seguindo fielmente os postulados espiritistas:

"No que se relaciona aos padecimentos que surgiriam durante a transformação, as descrições, em termos simbólicos, iniciam no fim do capítulo VI e se estendem até o capítulo IX.

Muito se tem dito a respeito.

Já a partir de Nostradamus, no século XVI, interpretou-se que haveria terremotos, maremotos, convulsões sísmicas e profundas alterações de ordem climática, previsões naturalmente ampliadas pela imaginação crédula e supersticiosa.

Previu-se também que haveria a aproximação de um planeta (o Absinto, Ap. Cap. 8, 10 e 11), de um outro sistema solar (por cuja aura a Terra estaria sendo influenciada, desde 1950, segundo afirmam alguns) que, além de provocar grandes flagelos, absorveria parte da Humanidade, reprovada no julgamento deste fim de século.

Com o conhecimento que se tem hoje, parece pouco

provável possa haver convulsões sísmicas e flagelos climatéricos de grande monta.

Mesmo Kardec, no séc. XIX, afirmava: '...A Terra conseguiu uma estabilidade que, sem ser absolutamente invariável, põe daqui por diante o gênero humano ao abrigo de perturbações gerais, a menos que surjam causas desconhecidas, estranhas ao nosso Globo e que nada poderia fazer prever'. ('A Gênese' — Cap. IX, n° 11)

Quanto à idéia de que surgiria outro planeta a provocar flagelos, a abrasar a Terra, é figura ainda relacionada à idéia de um castigo que vem de fora, como punição em reprimenda, noção que já não tem razão de ser, muito menos no Espiritismo. A dor e o sofrimento não são obra de um ente que castiga. Mas são resultado do comportamento. O homem sofre quando lesa a si próprio, em virtude da desobediência às leis da ordem, do equilíbrio, e à lei da ação e reação.

A lei do amor, entretanto, atua sempre no sentido de reconduzir ao equilíbrio e oferecer novas oportunidades.

Nem pode haver um acontecimento cósmico para o expurgo daqueles que não conseguem conduzir-se.

Que há migrações entre mundos, é conhecido no Espiritismo sem que, por isto, se derroguem as leis que mantêm o equilíbrio sideral.

A raça adâmica é um desses movimentos intermundos exercidos no plano dos desencarnados (...)

O que se prevê, em primeiro lugar, é novo surto de progresso.

E não há por que duvidar, ele aí está em franco desenvolvimento há dois séculos (...).

Mas, e as profecias do Apocalipse não são verdadeiras? São-no. O que nos merece reparo são as interpretações que esbarram num simbolismo todo próprio que, hoje, já não tem razão de ser, porque é imbatível pela linguagem científica da História e das comunicações mediúnicas. As profecias são verdadeiras; entretanto, não no sentido físico, e sim nos sentidos espiritual, moral, idealístico.

Haverá, sim, cataclismas, tempestades, mas de amargura. Haverá abalos de crenças milenárias, convulsões sociais provocadas pelo embate das concepções; cataclismas nas cristalizações mentais e um selecionamento dos espíritos que, já não podendo acompanhar o adiantamento do globo, serão conduzidos a outros mundos, onde possam continuar a própria evolução, dentro das leis divinas e naturais, imbuídas de amor, segundo as quais cada um é colocado, em função do estágio em que se encontre.

O que não significa que não possam voltar, como sucedeu aos Capelinos, nem que o homem não possa subtrair-se a estes acontecimentos, porque ele tem discernimento e livre-arbítrio. As profecias têm a finalidade de alertar.

Quanto à pergunta de que se haverá cataclisma de ordem material, Kardec recebe a resposta em 7 de maio de 1856: **'...Nenhum cataclisma de ordem material haverá, como a entendeis, mas flagelos de toda a espécie anularão as nações: a guerra dizimará os povos; as instituições vetustas se abismarão em ondas de sangue. Faz-se mister que o velho mundo se esboroe para que uma nova era se abra no progresso.'**

Em 12 de maio de 1856:

Pergunta: — 'Confirmas o que foi dito, isto é, que não haverá cataclismas?'

Resposta: 'Sem dúvida, **não tendes que temer nem um dilúvio, nem o abrasamento do vosso planeta, nem outros fatos desse gênero, porquanto não se pode denominar cataclismas a perturbações locais que se têm**

produzido em todas as épocas. Apenas haverá um cataclisma de natureza moral, de que os homens serão os instrumentos.'

Em 'A Gênese' — Cap. IX, número 14, diz Kardec: 'Fisicamente a Terra teve as convulsões de sua infância; entretanto daí por diante entrou em um período de estabilidade relativa: no de um progresso tranqüilo, que se efetua pela repetição regular dos fenômenos físicos e pelo concurso inteligente do Homem. Porém, ela está ainda em pleno trabalho de concepção do progresso moral. Será esta a causa de suas maiores comoções. Até que a Humanidade tenha crescido suficientemente em perfeição através da inteligência e da prática das leis divinas, as maiores perturbações serão as causadas pelos homens mais do que pela Natureza, isto é, serão mais morais e sociais do que físicas.'

E ainda, no que se refere ao 'planeta depurador', diz em 'A Gênese' — Cap. IX número 13: 'Deve-se igualmente relegar para o terreno das hipóteses quiméricas a possibilidade do **encontro da Terra com um outro planeta.** A regularidade e a invariabilidade das leis que regem os movimentos dos corpos celestes destroem toda a possibilidade de um tal encontro'.

No cap. XVIII sobre 'Os Tempos São Chegados', acerca dos grandes movimentos desta época, tem considerações várias, e afirma que se trata de 'um movimento universal que se opera no sentido do progresso moral, mudança radical que não pode se efetuar sem comoção; haverá inevitavelmente luta entre as idéias. Deste conflito nascerão, forçosamente, perturbações temporárias, até que o terreno fique desembaraçado e se restabeleça o equilíbrio. Será, portanto, da luta entre as idéias que surgirão os graves acontecimentos anunciados, e não de cataclismas ou catástrofes puramente materiais. Os cataclismas gerais eram conseqüentes do estado de formação da Terra. Hoje, não são mais as entranhas do globo que se agitam, são as da Humanidade'."

Por fim, para não dizer que apenas o conteúdo das mensagens de Ramatis sobre o futuro do planeta não encontra respaldo junto aos Espíritos superiores, notemos que o equívoco ocorre também com outros médiuns, como o Sr. Oswaldo Oliveira Pedrosa, um bancário aposentado residente em Uberaba, Minas Gerais, que diz ter-lhe sido revelado por um "alienígena", procedente do satélite natural de Júpiter, Ganimedes, em 30 horas de conversa:

"Até o ano 2000, os extraterrestres descerão na Terra e ensinarão a viver e fabricar discos voadores.

Também no ano 2000, a entrada de um novo sol no sistema solar, chamado astro SS-403, mudará a órbita dos planetas e expulsará Plutão. A Terra se verticalizará em relação ao eixo magnético.

A mudança no eixo aumentará o degelo dos pólos e vários países desaparecerão. Este astro será capaz de influenciar as mentes humanas. Tanto de quem tende para o bem como de quem tende para o mal.

No início do terceiro milênio, a maior parte da humanidade será varrida da Terra. Ficarão aqueles que têm o espírito mais avançado. Os demais serão lançados para mundos inferiores."

O Sr. Oswaldo, em entrevista à revista "Isto É" (n° 1359, agosto/1995) afirma ter tido oito encontros com um alienígena entre 1952 e 1953. Em 1957, com o pseudônimo de Dino Kraspedon, lançou o livro "Contato com os discos voadores", onde observa: *"Ele (o alienígena) era como nós, humanos, falava várias línguas, entre elas o português, e disse que em seu mundo os seres não tinham nome, mas uma identidade apresentada por uma vibração".* O homem de Ganimedes descreve Deus: *"Ele é uma reta isotrópica, paralela a si mesmo e sobre si mesmo vibrando num ângulo de 90 graus".* E alerta a humanidade: *"A Terra se verticalizará e países sumirão devido ao degelo dos pólos!..."*

Perceba até onde vão os mistificadores e pseudo-sábios da erraticidade: apresentam-se retumbantes na figura de enviados ou alienígenas, fazendo-se valer da fraqueza e ingenuidade de alguns médiuns (conscientes ou não, espíritas ou não) com o intuito de espalhar o pavor entre as criaturas e de expor seus incautos interlocutores ao ridículo.

Capítulo V

OS PSEUDO-SÁBIOS DA ERRATICIDADE E O SINCRETISMO RELIGIOSO

O Espírito Odilon Fernandes, através do médium Carlos Bacelli, em "Mediunidade e Doutrina" (edição IDE - 1991) identifica tais Espíritos e descortina-lhes as intenções:

"Mediunidade sem Doutrina é uma luz que deslumbra.

Muitos ambicionam incursões pelo mundo da mediunidade, aspirando a revelações para as quais não se encontram preparados.

A Revelação Espírita é gradativa e acompanha o progresso da Humanidade.

Todavia, **existem Espíritos que, servindo-se de médiuns invigilantes, intentam** ***anexar ao corpo doutrinário espírita teorias esdrúxulas e absolutamente pessoais***.

Exercendo certo fascínio sobre os instrumentos que controlam, esses pseudo-sábios não integram a Falange do Espírito Verdade e como que desejam fragmentar opiniões, criando sistemas paralelos e semeando a discórdia entre os homens.

Espelhemo-nos no que aconteceu ao Cristianismo e **busquemos zelar pela Codificação**, imitando o bom senso do Codificador, o qual cumpriu com fidelidade a missão que lhe foi confiada pelo Senhor.

Os Espíritas têm, presentemente, material de reflexão

para muito tempo. Considerar ultrapassadas e obsoletas as obras que mal saíram do prelo é, no mínimo, falta de discernimento.

A Verdade será sempre a Verdade, em qualquer tempo e lugar." (grifos nossos)

Já na época de Kardec, os Espíritos Superiores alertavam quanto aos pseudo-sábios da erraticidade, o que corrobora os esforços atuais de Joanna de Angelis, Vianna de Carvalho, Emmanuel, entre outros, no intuito de esclarecer-nos a esse respeito.

Em "O Livro dos Espíritos", capítulo I, parte 2°, intitulada "Escala Espírita", consta a definição de *Espíritos pseudo-sábios*, que transcrevemos:

"104. *Oitava Classe.* ***ESPÍRITOS PSEUDO-SÁBIOS*** *— Dispõe de conhecimentos bastante amplos, porém crêem saber mais do que realmente sabem. Tendo realizado alguns progressos sob diversos pontos de vista, a linguagem deles aparenta um cunho de seriedade, de natureza a iludir com respeito às suas capacidades e luzes. Mas, em geral, isso não passa de reflexo dos preconceitos e idéias sistemáticas que nutriam na vida terrena. É uma mistura de algumas verdades com os erros mais polpudos, através dos quais penetram a presunção, o orgulho, o ciúme e a obstinação, de que ainda não puderam despir-se."*

Essas duas descrições — a de Odilon e Kardec — parecem encaixar-se, ao nosso ver, com as características de Ramatis. A fim de reafirmar nossa opinião, analisemos juntos as seguintes questões:

1) Adotando o critério da concordância entre os Espíritos, por que mencionada Entidade adota posições unilaterais acerca de tão variada ordem de questões, contrariando tantas vezes tudo aquilo que toda a plêiade de

Espíritos aceitos no meio espírita é absolutamente concordante entre si? Estaria a verdade dos fatos assentada sob uma única cabeça? Seria realmente preferível acreditar na opinião de um único indivíduo, passando, assim, por cima da opinião universal?

2) Os ramatisistas comumente relembram que o espírito André Luiz também sofreu uma certa discriminação por parte de um contingente, embora diminuto, do Movimento Espírita, devido ao teor de suas comunicações, que descortinavam as paisagens de além-túmulo. No entanto, diversos Espíritos, em resposta a esses ataques, referendaram a validade e a veracidade dos relatos de André Luiz, com esclarecimentos oportunos sobre as questões que suscitaram dúvidas. Um exemplo disto foram as comunicações de Emmanuel e Bezerra de Menezes através de Chico Xavier, reafirmando os altos encargos nos quais André Luiz estava investido pela Espiritualidade Maior. Com relação a Ramatis — que se intitula um Espírito Superior, pois que já não precisa mais, segundo ele, voltar a encarnar na Terra — sequer um Espírito de reconhecida autoridade veio dar testemunho favorável às suas comunicações, ou confirmar, mesmo indiretamente, alguns de seus postulados, especialmente aqueles que nós, aqui, contestamos. Ao contrário, o que temos percebido é que muitos Espíritos têm se pronunciado contra o teor das mensagens de Ramatis. Muitas delas procuramos transcrever neste nosso estudo, para que o leitor possa certificar-se do fato.

3) Outra questão que nos preocupa é a aparência de seita, de movimento cismático, que os ramatisistas vêm insistentemente procurando criar, na medida em que formam núcleos que seguem, quase que de maneira exclusiva, as orientações de Ramatis, mas que ostentam o nome de

"espírita" em suas fachadas. Ora, não temos conhecimento de qualquer outro centro espírita que porventura siga tão-somente as orientações, por exemplo, de Emmanuel, ou de Joanna de Angelis, ou de André Luiz, ou de Bezerra de Menezes. Isso é sinal de que Ramatis criou em torno de suas orientações um sistema todo próprio, desvinculado da Doutrina Espírita e centrado em suas idéias. Não há notícia de espíritas ou núcleos *emmanuelistas, bezerristas, andreluizistas*, ou coisa do gênero, mesmo porque tais entidades não ensinam coisa alguma que contrarie os postulados espíritas, em sua feição eminentemente kardequiana. Muito pelo contrário: preceituam que estudemos, antes de tudo, a Codificação. Emmanuel, por exemplo, instruiu a Chico Xavier que se ele, Emmanuel, algum dia dissesse algo que estivesse fora do contexto da Codificação, o referido médium teria toda a liberdade de abandoná-lo e seguir Kardec. Uma autêntica posição de humildade e respeito perante os autênticos ensinos ali contidos, pois que promanam de uma fonte reconhecidamente confiável: do Espírito Verdade, ou, como queiram, de Jesus!

A seu turno, encontramos em um manual distribuído aos freqüentadores de um núcleo ramatisista, a seguinte declaração:

"Como mentor Espiritual, escolhemos a Entidade RAMATIS, Espírito de alta estirpe, livre de encarnações no atual ciclo; universalista; representante autêntico da alta sabedoria oriental; Entidade que recebeu no Alto a missão de enriquecer a área Espírita com ensinamentos profundos da fisiologia, psiquismo e filosofia espiritual."

Divaldo Franco, no livro-entrevista "Palavras de Luz" (ed. LEAL) tece um comentário bastante pertinente sobre essa questão:

Pergunta: *O que dizer dos centros espíritas que somente seguem as orientações dos Mentores sem examinarem o seu conteúdo à luz da Doutrina Espírita?*

Divaldo: *"Diríamos que são núcleos onde proliferam o fanatismo, a intolerância e o preconceito. Por que o Mentor da Casa deve necessariamente ser mais sábio do que as Entidades que se comunicam em toda a Terra? É princípio básico de comportamento doutrinário,* ***a universalidade do ensino****. Por que a palavra do Mentor daqui tem que ser mais importante do que a de outrem dali? É o nosso atavismo de que o meu é melhor do que o dos outros."*

E que não venham dizer que Ramatis não contraria o que preceitua a Codificação, pois que já reunimos provas suficientes que atestam o contrário neste nosso livro!

*

"(...) Mais vale repelir dez verdades que admitir uma só mentira, uma só teoria falsa" — já recomendava o Espírito Erasto a Kardec, em agosto de 1861. Eis mais um seguro critério para a aceitação ou não do conteúdo das mensagens mediúnicas, e mui especialmente das ditadas por Ramatis que, entre conceitos plenamente aceitáveis, insere outros que um estudo acurado não admite.

O leitor, principalmente aquele que aprecia as obras ramatisianas, deve estar se perguntando: "Será que Ramatis é um Espírito mistificador ou algo assim? Estará o autor sugerindo isso quando o chama de 'pseudo-sábio'?"

A resposta, caros companheiros, é: NÃO !

Esta se baseia, igualmente, no ensino dos Espíritos, quando responderam à seguinte pergunta de Kardec:

"Como é que Espíritos que parecem desenvolvidos em inteligência, podem ter idéias evidentemente falsas sobre certas coisas?"

R.: ***"É que têm suas doutrinas. Os que não são bastante adiantados, e julgam que o são, tomam suas idéias pela própria verdade. Tal qual entre vós."*** (em "O Livro dos Médiuns", cap. XXVII - "Das Contradições e Mistificações")

Kardec faz ainda o seguinte comentário:

"Cumpre não esqueçamos que, entre os Espíritos, há, como entre os homens, falsos sábios e semi-sábios, orgulhosos, presunçosos e sistemáticos. Como só aos Espíritos perfeitos é dado conhecerem tudo, para os outros há, do mesmo modo que para nós, mistérios que eles explicam à sua maneira, segundo suas idéias, e a cujo respeito podem formar opiniões mais ou menos exatas; que se empenham, levados pelo amor próprio, por que prevaleçam, e que gostam de reproduzir em suas comunicações. O erro está em terem alguns de seus intérpretes esposado muito levianamente opiniões contrárias ao bom senso e se haverem feito os editores responsáveis delas. Assim, as contradições de origem espírita não derivam de outra causa, senão da diversidade, quanto à inteligência, aos conhecimentos, ao juízo e à moralidade, de alguns Espíritos que ainda não estão aptos a tudo conhecerem e a tudo compreenderem."

Ramatis deixa evidenciado, em suas comunicações, estar profundamente comprometido com o pensamento orientalista, mesmo porque sua última reencarnação verificou-se na Indochina, onde fora um líder iniciático, conforme ele mesmo enfatiza.

Supomos que, de alguma forma, Ramatis padeça de uma espécie de "cristalização" da personalidade, na qual o Espírito não consegue, de pronto, desvencilhar-se dos condicionamentos verificados em suas últimas romagens na

Terra. Tal fenômeno atávico é perceptível quando determinada entidade julga **ser**, na acepção da palavra, hindu, negro, judeu, alemão ou índio. Não compreende que o Espírito, em essência, é apátrida e sem etnia. Tais Espíritos se aprisionam em limites que lhes foram impostos na Terra, quando na roupagem física. Tais personificações pertencem ao mundo dos encarnados e, mesmo hoje, entre nós, tendem a enfraquecer-se e tornar-se obsoletas, já que os Espíritos, cada vez mais, reconhecem-se como irmãos, distanciando-se desse sectarismo injustificável de raças.

Possuindo, pois, suas idéias pessoais, herdadas de um passado considerado por eles de grande contribuição ao seu adiantamento espiritual, conservam esses Espíritos antigas concepções religiosas a que se aferram como sendo depositárias da verdade integral.

Prova disso são os conceitos de que Ramatis constantemente se utiliza para alicerçar seus pontos de vista. Ele retira da Teosofia, do Rosacrucianismo e, principalmente, do Hinduísmo, teorias que o Espiritismo absolutamente não abraça ou não aborda sob o mesmo prisma.

É como se Ramatis estivesse, como disse Odilon Fernandes, procurando anexar ao corpo doutrinário espírita todo o arcabouço filosófico dessas citadas doutrinas, estando o Espiritismo, em seu modo de ver, a necessitar de acréscimos, e ele, julgando-se incumbido dessa "missão", envida esforços objetivando fazer prevalecer suas idéias.

Ora, pelo fato de o Espiritismo constituir-se em doutrina progressista, não quer dizer que devamos anexar a ela tudo aquilo que nos convenha, pois que nos foi legada integral em sua estrutura liberta de atavios e idiossincrasias desta ou daquela cultura. Eis o caráter universalista da Doutrina dos Espíritos: não privilegia nenhum povo ou cultura, nem se encontra vinculada ao Ocidente ou ao Oriente, pois ensina que a humanidade é constituída de Espíritos imortais e não de "orientais" e "ocidentais", pois que as verdades espirituais são únicas, estando as leis de Deus vigorando em todos os cantos do planeta e em todo o Universo.

Em "Reformador", revista editada pela FEB, na edição n° 1.992 de março de 1995, encontramos no artigo "O Iogue Chefe de Família e o Mestre de Lyon" uma ótima contribuição do articulista Mauro Quintella no que concerne a esse assunto e a outros que estão sendo objeto de nossos estudos:

(...) "O pior é quando vemos os próprios espíritas (?) desprestigiando o valor do gigante lionês, **defendendo práticas e acréscimos doutrinários indevidos, tomando como referencial não a Codificação, mas as milenares tradições iniciáticas do Oriente**. É assim que temos visto alguns Centros queimando incenso, defendendo o uso de roupas coloridas, levando os médiuns a morar em comunidades especiais e divulgando mais o 'Bhagavad Gita' que 'O Livro dos Espíritos'.

Visão universalista é uma coisa, sincretismo é outra!

O médium e orador espírita Divaldo P. Franco analisou a questão com muita propriedade em seu livro de entrevistas 'Palavras de Luz':

'Com a abertura imensa do Ocidente em relação ao Oriente, e daquele em relação a este, as idéias viajam de um para outro lado com muita facilidade (...). É perfeitamente válido que nós, os espíritas, alarguemos a nossa vista em torno do espiritualismo em geral com o Espiritismo em particular. E tenhamos muito cuidado para que, estudando as várias correntes espiritualistas, não deixemos de conhecer em profundidade o Espiritismo; porque temos observado que o fascínio que exercem as várias colocações espiritualistas, através de seus ritos, das suas expressões atávicas, dos seus modismos, produzem muito impacto em nossa mente sonhadora. (...) E pelo desconhecimento das bases da Doutrina Espírita, que não tem culto, não tem ritual, que não tem ritualismo, que não está vinculada aos atavismos clericais do passado, venham a colocar esses novos cultos e esses novos ritos como parte integrante do próprio Movimento Espírita (...). Assim, poderemos examinar tudo, reter o que é bom, mas ao falarmos de Doutrina Espírita, que o façamos conforme os seus postulados, que têm no seu bojo tudo aquilo que as demais doutrinas nos trazem.'

Essa tendência sincrética é própria dos encarnados e Espíritos pouco evoluídos, que gostam de impor suas idiossincrasias culturais a propostas religiosas já estabelecidas. A mesma coisa no plano espiritual, entre as entidades verdadeiramente superiores, que sabem fazer distinção entre 'universalismo' e 'confusão ideológica', direcionando suas características pessoais, que refletem o conjunto de suas experiências palingenésicas para o largo campo do entendimento geral, sob a égide do Espiritismo.

É assim que encontramos Espíritos que foram padres, iogues, árabes, indígenas, filósofos, pastores, hinduístas, etc., militando nas hostes espíritas da erraticidade e sabendo respeitar os paradigmas da doutrina codificada por Kardec. Exatamente o contrário do que vem acontecendo na crosta do Planeta.

Exemplos dessa interação harmônica podem ser colhidos no livro 'Memórias de Um Suicida', ditado pelo Espírito Camilo Castelo Branco e psicografado pela médium Yvonne A. Pereira (ed. FEB), onde vários instrutores e trabalhadores na Colônia Maria de Nazaré são padres católicos ou orientais desencarnados." (grifos nossos)

A menção do articulista a agrupamentos de espíritas em comunidades especiais, onde se estuda mais o 'Bhagavad Gita' do que a Codificação Espírita, tem tudo a ver com os esforços dos ramatisistas dentro do Movimento Espírita. Eles fundaram, em Brasília, a Comunidade "Lar Nicanor", onde, segundo eles, se pretende criar um "novo modo de existir". Lembrando muito os templos iniciáticos do Oriente e também assemelhando-se às antigas construções da mística Machu-Pichu, no Peru, onde habitaram os Incas, a mencionada instituição é patrocinada pelo Departamento Cultural Ramatis, que faz parte da Fraternidade do Triângulo, da Rosa e da Cruz.

Dentro da mesma tendência, os centros ramatisistas que visitamos no Estado do Rio de Janeiro adotam terapias alternativas, tais como a cromoterapia, e comercializam incensos e cristais. Em um deles, na cidade de São Gonçalo, as preces são substituídas por autênticas sessões de "meditação transcendental" e de yoga. Em outro núcleo de orientação ramatisista, localizado em um bairro da zona norte da cidade do Rio de Janeiro, é distribuído um manual em que consta o seguinte, entre outras recomendações:

"O uso de roupas escuras (marrom, preto, azul-marinho) deve ser evitado porque são acumuladores naturais de maus fluidos, que dificultam o trabalho da Falange. Cintos, sapatos e objetos de couro, metais, jóias, são retirados antes do atendimento e devolvidos logo após. Os objetos citados também dificultam a decantação fluídica dos corpos físicos e perispiritual, objetivo do trabalho de antigoécia.(...)*

---

* N. A. – Antigoécia significa *anti magia negra*, era uma técnica utilizada na época medieval em cultos de demonismo. Como o leitor pode perceber, não tem nada a ver com Espiritismo, doutrina codificada na segunda metade do século XIX por Kardec.

"Para melhor compreensão dos assuntos de Magia, leia 'Magia de Redenção', de Ramatis."

Iniciemos analisando o propalado efeito dos incensos e defumadores que, segundo Ramatis, no livro "Magia de Redenção" (ed. Freitas Bastos), funcionam como "detonadores de miasmas astralinos", e assim são referendados e comercializados nos núcleos ramatisistas.

E é ninguém menos do que o amorável Bezerra de Menezes que responde ao seguinte questionamento, desfazendo as dúvidas:

— Por fim, indagaria quanto ao efeito real que produzem os defumadores, tão ao gosto de muitas seitas, que os utilizam, conforme algumas religiões o fazem com o incenso, a mirra e outras substâncias aromáticas.

Dr. Bezerra: *"Informa-se que o fumo que se evola dos incensadores e vasilhames com brasas, onde ardem essas substâncias, teria ação sob os Espíritos perturbadores, ignorantes, perversos, que os afastaria, atraindo, em contrapartida, os bons e nobres. Não há evidência dessa propalada ação. O odor agradável perfuma o ambiente e, em algumas religiões, têm essas práticas um significado simbólico, recordando as oferendas que os reis do Oriente teriam apresentado a Jesus recém-nascido... As resinas e madeiras perfumadas sempre foram queimadas em cerimônias festivas como fúnebres, para odorificar o recinto. Entre os homens mais primitivos resultavam positivas as práticas, porque, sugestionados com os efeitos que lhes atribuíam os ancestrais, que se demoravam no comércio espiritual com os seus, os espíritos fugiam, apavorados. Ainda remanescem alguns estados desse teor e muitos desencarnados em fixação com as cerimônias antigas que lhes podem aceitar a aparente ação, fazendo-os afastar-se das pessoas ou lugares com quem e onde se encontram ...* ***Nenhuma força real emana dos defumadores e incensos,*** *que possa ajudar, concedendo sorte e solucionando os problemas que aturdem os homens, sempre interessados em sortilégios e equacionamentos simplistas, sem esforço pessoal nem mudança moral de profundidade.* ***São sempre os atos, os agentes da realidade de cada Espírito, na Terra ou fora dela. Consciência tranqüila, como efeito de uma conduta digna, é fundamental para possuir um sentimento pacificado.*** *"* (em "Loucura e Obsessão", pág. 128, ed. FEB, pelo Espírito Manoel P. de Miranda, médium Divaldo P. Franco)

A questão das cores das roupas é igualmente elucidada por Bezerra de Menezes, em "Loucura e Obsessão":

— Dizem que o branco é a cor ideal para determinadas práticas do mediunismo, porque atrai os Espíritos Superiores. Há fundamento em tal crença?

Dr. Bezerra de Menezes: "Com a consideração que merecem aqueles que assim pensam, o branco é símbolo de pureza, segundo algumas tradições e em determinados povos. **Superstição destituída de base racional**, porque, embora seja um tom mais higiênico, que absorve menos raios caloríferos, nenhuma influência vibratória exerce em relação aos Espíritos, que sintonizam com as emanações da mente, as irradiações da conduta. Talvez que, desencarnados, igualmente supersticiosos, se afeiçoem àqueles que se trajam com essa cor, sendo, no entanto, atrasados. Tivesse fundamentação e seria cômodo para os maus e astutos manterem a sua conduta interior irregular, enquanto ostentariam trajes alvinitentes que os credenciariam a valores que não possuam, atribuindo-lhes méritos que estão longe de conseguir.

Os judeus eram muito formais e cuidavam em demasia da aparência, sendo por Jesus reprochados com severidade, por Ele considerar mais importante a pureza interna do que a convencional, a exterior, de muito mais fácil apresentação, em detrimento daquela, mais difícil e respeitável. A vida íntima do homem oferece-lhe a credencial com que marcha em qualquer direção, caracterizando-lhe a individualidade eterna." (pág. 127/128)

Nada temos contra aqueles que se dedicam a seguir essa ou aquela tendência religiosa; só não concordamos quando tais companheiros asseveram que tais práticas são espíritas, o que, na verdade, é algo absolutamente errôneo. Nossa sugestão é que esses nossos queridos companheiros procurem estudar a fundo o corpo filosófico dessas doutrinas a fim de se decidirem em que acreditar e a quem seguir, pois "a casa dividida rui" e tal não pode verificar-se no Movimento Espírita. Vejamos o que ocorreu ao Cristianismo, hoje transformado numa colcha de retalhos graças às múltiplas cisões ocorridas ao longo do tempo, descaracterizando, assim, a mensagem do Cristo.

Alegam, ainda, tais companheiros, que não desejam ficar submetidos à "ortodoxia espírita" e ainda acusam os "kardecistas" de intolerantes e bitolados. Ora, tais opiniões, em nosso modo de ver, não têm razão de ser. O que se costuma chamar de "ortodoxia espírita" caracteriza-se tão-somente pelo esforço dos espíritas conscientes e suficientemente esclarecidos em zelar pela pureza doutrinária. Os próprios Espíritos Superiores nos vêm concitando para tal, como pudemos constatar ao longo da presente obra, na qual transcrevemos mensagens várias de alerta em relação às deturpações no seio do Movimento.

Deolindo Amorim, um verdadeiro apóstolo da causa

espírita, identificando em alguns núcleos a tendência sincrética, disfarçada sob uma fachada de *"universalismo"* e *"ecletismo"*, assim nos diz:

"Mister se faz que se compreenda bem o caráter de cada doutrina, cada movimento, cada escola espiritualista, para evitar interpretações confusas, sem que, por isso, se venha a ferir o espírito de solidariedade e tolerância. (...) *Todas as doutrinas organizadas têm o seu corpo de princípios, seus postulados, sua orientação. O Espiritualismo, em sua amplitude, é a matriz de muitas escolas, religiões e correntes flosóficas, mas a própria disciplina da inteligência exige que se dê a cada religião ou doutrina o seu lugar inconfundível:* ***ESPIRITISMO*** *é Espiritismo;* ***TEOSOFIA*** *é Teosofia;* ***ECLETISMO*** *é Ecletismo.* (grifos originais) ***É preferível discernir do que confundir, pois é discernindo que se põe ordem nas idéias para procurar a Verdade.*** (grifos nossos)

O Espiritismo é uma doutrina universalista, tanto quanto as doutrinas que mais o sejam; mas é indispensável não levar a noção de universalismo ao arbítrio de acomodações inconvenientes, senão prejudiciais à clareza do espírito analítico.

Repetimos que o Espiritismo é universalista, porque os fatos do Espírito são universais, os seus problemas têm o sentido da universalidade, mas também é oportuno acentuar que ***o Espiritismo não é uma forma de sincretismo doutrinário ou religioso, sem unidade nem consistência.*** *Não, absolutamente!* ***Já se falseou muito a idéia de universalismo. Ser universalista é ter visão global do conhecimento, é estimar a universalidade dos valores espirituais acima e além de todas as configurações geográficas ou históricas. Universalismo é convicção, é***

***uma posição consciente em face da cultura humana e espiritual; não é, portanto, a junção pura e simples de crenças, doutrinas e práticas diversas.*"** (em "O Espiritismo e as Doutrinas Espiritualistas" - 5ª ed. CELD - págs. 48 e 49)

Identificamos, assim, no pensamento ramatisista, profunda confusão ideológica em lugar do "universalismo" apregoado pela mencionada entidade em suas obras, em que claramente concita os leitores a verem o Espiritismo como mais um movimento espiritualista, sem maior importância e autoridade frente às religiões orientais organizadas, e que relegou os "profundos conhecimentos iniciáticos do Oriente", tornando-se, assim, doutrina incompleta que ele, Ramatis, veio reformar, por meio da introdução ao arcabouço doutrinário espírita de tais práticas e ensinamentos por Kardec "esquecidos". A mencionada entidade espiritual explicita sua intenção quando afirma:

"Da mesma forma reconhecemos que há, entre o neófito espírita, exclusivamente submerso na sua doutrina, e o espiritualista afeito ao conhecimento iniciático, um extenso abismo de compreensão. Examinando a nossa própria romagem pelo vosso mundo, no interior dos templos iniciáticos, tivemos ocasião de verificar que o homem comum e sectarista se destruía no campo profano, ***enquanto o cultor da alta iniciação permanecia fiel ao Cristo-Planetário****."* ("Mensagens do Astral", pág.298)

"Sem dúvida, apesar de o Espiritismo ser doutrina corporificada para libertar os homens das superstições e dos tabus infantis, ele pode estacionar no tempo e no espaço, tal qual acontece com a Igreja Católica. É acontecimento fatal, ***caso seus adeptos ignorem deliberadamente o progresso e a experiência de outras seitas e doutrinas***

vinculadas à fonte original e inesgotável do Espiritualismo Oriental. *" (...)* (em "A Vida Humana e o Espírito Imortal", ed. Freitas Bastos- pág.276)

Em nota de rodapé, Ramatis tece ainda o seguinte comentário:

"Referimo-nos, particularmente, à obstinada e premeditada atitude de muitos líderes espíritas, que, na sua preocupação febril de 'salvar' o Espiritismo, tal qual os católicos vivem aflitos para 'salvar' a Igreja Católica, não admitem, e não tomam conhecimento dos salutares e extraordinários movimentos espiritualistas que se desenvolvem em torno, por esoteristas, teosofistas, rosacrucianos, yogas (sic) *e demais agrupamentos ecléticos e fraternistas de pesquisa do espírito imortal. Kardec, homem progressista e universalista, recomendou que os espíritas buscassem o alimento incessante em todas as áreas de atividade espiritual, a fim de ampliarem o acervo da doutrina com a substância sensata e progressista de outros movimentos espiritualistas sadios."* (pág.277)

"O Papa é infalível para os católicos, os profetas são intocáveis para os protestantes, **Kardec é indiscutível para os espíritas**,..." (pág.275)

"Em geral, o católico é fanaticamente submisso à infalibilidade papal e à afirmativa de que 'fora da Igreja não há salvação'; quando se torna protestante só confia na 'Voz da Profecia'; **espírita, torna-se agressivo à sua antiga religião e protesta contra tudo o que 'Kardec não disse'!**"

Encontramos, assim, simpatizantes daquela entidade espiritual repetindo a todo momento que os "espíritas ortodoxos" só aceitam o que Kardec disse, em alusão à própria opinião de Ramatis sobre o assunto.

Ora, qualquer neófito da Doutrina sabe que Kardec

não incorporou à Doutrina Espírita qualquer opinião pessoal. Ele não criou qualquer dos princípios da Doutrina. Ele foi o compilador, o organizador, o codificador do Espiritismo.

Os ensinamentos contidos no Pentateuco Espírita foram ditados pelos Espíritos Superiores, cabendo a Kardec a sublime e não menos importante missão de sistematizá-los e divulgá-los. Ele não recebeu, muito menos deu, qualquer instrução no sentido de anexar ao corpo doutrinário ensinos ou práticas de outras religiões. Observou os pontos em comum existentes, tal como a doutrina da reencarnação, porém percebeu que os ensinos que recebera superavam tudo aquilo que se sabia sobre o assunto. Mesmo em relação à reencarnação, as doutrinas espiritualistas do Oriente até hoje vivem submersas na ridícula crença na metempsicose, onde espíritos de homem encarnam em corpos de animais! Como, pois, transplantar para o Espiritismo os ritos de iniciação e de magia, o hermetismo da linguagem, as crenças absurdas em amuletos e símbolos, e o isolamento como "modus vivendi"? Ora, perguntem a Ramatis e a seus fiéis seguidores como eles conseguem esse milagre. Uma coisa nós temos como fato incontestável: as casas espíritas que incorporaram tais práticas desfiguraram por completo a mensagem espírita, e não mais se identificam com ela. Ivan René Franzolim igualmente verificou tais desfigurações e fez o seguinte comentário constante do livro "Centros e Dirigentes Espíritas"(ed.USE):

"Temos constatado em diversas Sociedades Espíritas que embora executem trabalhos dignos de menção, paradoxalmente ainda insistem na comunicação de mensagens mediúnicas em linguagem piegas, ***de admoestação, esotérica, exaltando os extraterrestres e seus discos voadores ou profetizando o final dos tempos, em vez***

da mensagem de esperança, erguimento e consolo que caracteriza a Doutrina Espírita. *"* (grifos nossos)

Deolindo Amorim, a quem somos reconhecidos pelos serviços prestados à Doutrina e ao Movimento Espírita, mui oportunamente esclarece:

"Compreendida, finalmente, a posição do Espiritismo em face de todos os cultos, e com atenção devida a todas as crenças, podemos afirmar, à luz da própria Doutrina Espírita, **que o Espiritismo não se subordina a qualquer sistema ou culto organizado. Como doutrina essencialmente progressista, recebe os enriquecimentos das ciências, como acompanha os fenômenos sociais e culturais, sem perder, todavia, a sua integridade e as suas características. Nenhuma religião, nenhum culto espiritualista poderia absorvê-lo ou confundi-lo, a despeito da existência de aspectos comuns, porque as suas concepções basilares, tendo conseqüências científicas, filosóficas e religiosas, não permitem adaptações e concessões arbitrárias. Desta proposição, conseqüentemente, chegamos à conclusão de que *O ESPIRITISMO É UMA DOUTRINA QUE SE BASTA A SI MESMA, SEM EMPRÉSTIMOS NEM ACRÉSCIMOS ARTIFICIAIS."*** (págs.134 e 135)

O mesmo autor, em seu livro "Idéias e Reminiscências", editado pelo Instituto Maria, de Juiz de Fora - MG, assim se pronuncia sobre essa tendência absurda, estimulada por Ramatis, em querer tornar o Espiritismo um autêntico "saco de gatos", em que se acomodem os mais diversos pensamentos sob o pretexto de fraternidade e de enriquecimento do corpo doutrinário espírita:

"Os espíritas muitas vezes são chamados de sectários, mas injustamente. Sectário, como se sabe, é o indivíduo que pertence a uma seita ou corrente de idéias e acha que a verdade está somente em suas idéias, não vê mais um palmo de terra além do seu mundo, além das fronteiras de sua crença. O sectarismo é fechado, rígido, quase sempre intolerante, não abre margem para o diálogo, a troca de idéias e o teste de experiência.

Os espíritas não podem ser chamados de sectários, porque, antes de tudo, cultivam o respeito às crenças alheias e, depois, não se julgam donos da verdade. A Doutrina Espírita é aberta à crítica e ao debate em todos os sentidos, é uma Doutrina que aceita verdades novas, venham de onde vierem, desde que fiquem comprovadas. Por que, pois, apontar o movimento espírita como se fosse uma forma de sectarismo? Há um mal-entendido muito grande nesse sentido. É preciso não confundir o caráter da Doutrina com as atitudes e o modo de pensar de certos espíritas. (...)

É necessário, porém, que se ponham as coisas nos devidos termos. Pelo fato de a Doutrina ser flexível e também sensível às mudanças, tanto assim que se dispõe a aceitar enriquecimentos das ciências ou das descobertas do pensamento**, não se deve concluir, daí, que o Espírita deva dar recibo a toda 'novidade' que apareça, venha do Alto ou venha da Terra**. Aí, não! É nesse ponto, justamente, que muita gente, cometendo um erro palmar de observação, ou não conhecendo bem o movimento espírita, faz uma idéia falsa do Espiritismo, e vê sectarismo onde há coerência. **Ser coerente não é ser intolerante nem sectário. O Espírita realmente convicto não pode ser um oportunista**, pois já tem uma diretriz na vida e, por isso mesmo, deve acreditar seguramente nos princípios que esposa e defende. Isto é sectarismo? Absolutamente! Há oportunistas em tudo, neste mundo: em religião, em política, em convenções sociais e assim por diante. **O oportunista é o indivíduo que, dizendo-**

se muito eclético, nunca se define e concorda (ou finge concordar) com qualquer teoria ou doutrina que apareça, contanto que esteja bem com todos, a fim de tirar partido. Quem, no entanto, já tem uma convicção e sabe em que terreno está pisando, não pode ficar flutuando ou saltando de galho em galho sem firmeza em coisa alguma. Claro que as idéias podem mudar, em razão de novas experiências, o que, aliás, é muito compreensível, pois a versatilidade em certos casos pode ser até de capacidade assimiladora, mas existe a versatilidade fácil ou fugidia, que significa simplesmente falta de segurança, levando o indivíduo a trocar idéias como quem troca as roupas, de um momento para o outro, sem um ponto de certeza. Há tanta gente assim...

***Nunca se deve confundir, entretanto, o ecletismo dos espíritos verdadeiramente cultos e honestos, cujo discernimento lhes permite fazer uma síntese de conceitos e princípios diversos para chegar a uma conclusão, com esse ecletismo de ocasião, sem base nem orientação clara, mas sempre interessado em não se fixar em nada para poder se adaptar às situações mais vantajosas. Já não é mais ecletismo, é espírito de cálculo**.*" (grifamos)

Prossegue Deolindo, no que nos parece uma descrição fiel da ideologia ramatisista e de seus incautos seguidores, agora tratando mais detidamente da postura correta a ser seguida pelas Organizações Espíritas:

"Em nome de uma frente eclética, até certo ponto aceitável, pois o Espiritismo tem relações com vários campos do saber humano, o que se pretende, às vezes, em nosso movimento, é tirar a feição espírita de certos atos, a pretexto de evitar o sectarismo, para englobar teorias e tendências diversas. E como ficaria a Doutrina Espírita dentro desse quadro heterogêneo? Inevitavelmente ficaria desfigurada, porque perderia seu legítimo caráter. E quando uma organização Espírita se recusa a incorporar à Doutrina certas hipóteses pessoais e também umas tantas hipóteses mediúnicas, logo dizem que os Espíritas são sectários. É um julgamento errado. O que falta, em tudo isso, é o meio-termo, é o senso psicológico do momento exato das coisas. Há ocasião em que o movimento espírita participa, em conjunto, de experiências diversas, ou estabelece permutas com os mais variados campos de idéias, desde que haja um fim especial, um denominador comum, em determinadas circunstâncias. Mas a Doutrina tem seus princípios, suas interpretações, seus traços distintos e, por isso, não pode acomodar-se a tudo nem tampouco seria possível enquadrá-la em qualquer movimento de idéias, pelo fato de ser eclético e universalista. **E haverá porventura uma doutrina mais universalista do que o Espiritismo?**"

Certamente que não, mas alguns parecem não querer compreender tal evidência, preferindo embelecar a Doutrina Espírita com ensinos de fonte duvidosa!...

Capítulo VI

TEORIAS DE RAMATIS RENEGADAS POR UM RAMATISISTA

Causou-nos surpresa verificar que o Sr. Wagner D'Eloi Borges, o mais novo médium de Ramatis, em seu livro "Viagem Espiritual" (Editora Universalista), renega praticamente todos os postulados ramatisianos de maneira categórica. No entanto, o citado médium continua a afirmar-se ramatisista convicto, apesar dos disparates por ele verificados nos livros ditados pela referida Entidade espiritual ao médium Hercílio Maes.

Verifique o leitor o que o autor da citada obra escreveu inicialmente:

"Na década de 1950, surgiu, nos meios espiritualistas, um médium do Paraná, chamado Hercílio Maes, que recebia mensagens psicografadas de um espírito hindu desencarnado. O nome desse espírito: Ramatis. (...)

A publicação desses livros de Ramatis causou (e causa até hoje) uma grande celeuma entre os espíritas tradicionais Tudo porque a abordagem dos assuntos não seguia os padrões kardecistas usuais.

Ramatis trazia à baila assuntos comuns à área espírita, tais como: vida após a morte, carma, reencarnação e mediunidade. Só que abordava, também, assuntos não comuns aos espíritas, tais como: prana, duplo etérico, vida em outros planetas, alimentação natural, magia, ioga e outros.

Os temas eram abordados sob um prisma universalista, eclético, sem sectarismos. Ramatis buscava fazer uma integração das idéias espiritualistas orientais com as ocidentais. Isso assustou muitos espíritas que estavam acostumados com uma abordagem espiritual mais afeita aos padrões do mundo cristão-ocidental. Em outras palavras, estavam acostumados demasiadamente com o evangelho cristão e dependentes demais das preces. Estavam acomodados e condicionados com o que Allan Kardec (pseudônimo de Leon Hypolite Denizard Rivail; 1804 - 1869) disse ou não disse, e haviam esquecido que existiam outros movimentos espiritualistas valorosos que buscavam, também, os mesmos ideais espiritualistas."

Perceba o leitor o discurso empregado pelo Sr. Wagner Borges, demonstrando ser um autêntico seguidor de Ramatis. A tônica é sempre a mesma: os espíritas são sectários porque só aceitam "o que Kardec disse", o que os torna "acomodados" e "condicionados" (para não dizer "alienados"); estão demasiado "acostumados" com o Evangelho e "dependentes" demais da prece; e, ademais, esqueceram-se dos "valiosos movimentos espiritualistas do Oriente", que tanto têm a adicionar ao Espiritismo! E não se pode esquecer que Ramatis e seus seguidores, sim, estão livres desses sectarismos e preconceitos injustificáveis, pois são universalistas e ecléticos!...

Ora, isso tudo nos soa, de alguma forma, como um grande elogio a nós Espíritas, embora não fosse essa a intenção do Sr. Borges. A crítica parece decorrer do desconhecimento do citado companheiro acerca do valor e da eficácia da prece, já que atribui sua utilização pelos espíritas como sendo mero reflexo cultural-religioso, uma espécie de atavismo qualquer herdado do Cristianismo.

'Tudo quanto pedirdes pela prece, crede que obtereis e que vos será concedido' (Marcos, XI,24), afirmou o próprio Jesus. Será que se houvesse alguma coisa melhor do que a prece como instrumento de comunicação com Deus e com os Espíritos Superiores, Jesus não teria nos ensinado? Ora, repudiar a prece, sabendo que os espíritas detêm uma compreensão mais elevada de sua finalidade como meio inigualável de harmonização íntima e ligação com Deus, afigura-se pura insensatez. Esse posicionamento do Sr. Borges não é de se estranhar, tendo em vista os ensinos ramatisistas, sempre às voltas com fórmulas essencialmente místicas e destituídas de valor real, bem próprias do Orientalismo. Certifique-se, pois, o leitor, o que preceitua Ramatis:

"Quando os iniciados pronunciam o vocábulo AUM, ligados por uma mesma vibração mental, que ele provoca como um 'mantran' sagrado, sentem em torno de si a modificação vibratória da atmosfera psíquica, que se eleva e se expande para além das fronteiras do entendimento comum. A consciência espiritual abrange então área mais vasta, sob esse 'tom sidéreo', que vibra do próprio alento respiratório e sonoro do eterno manifestar divino." (em "Mensagens do Astral", pág.147- Freitas Bastos)

Com o intuito de referendar suas idéias, Ramatis veicula informações descabidas sobre Jesus:

"Jesus é a mais elevada Entidade espiritual descida ao vosso orbe, ***tendo cumprido a *dolorosa* (sic) *no ambiente sigiloso do templo iniciático! *Rituais, 'mantrans',***

---

*N. E. – O autor verificou em duas edições e constatou a mesma falha no texto, faltando a palavra *descida* para dar sentido a *dolorosa* (sic). Notou ainda que a palavra '*mantrans*' vem entre aspas, visto que é assim escrita em inglês e espanhol, sendo o correto em português *mantras*.

sincronizações entre adeptos ou despertamento de vontade; o comando nas quais podereis alcançar o Cristo Planetário!"

E há de se notar que, para Ramatis, Jesus é um e Cristo é outro! E para se alcançar o Cristo, que, segundo ele, é entidade superior a Jesus, faz-se necessário proferir mantras e fazer rituais!... Jesus, segundo Ramatis, deve ter usado e abusado de tais práticas para entrar em contato com a referida entidade — isso tudo dentro de templos iniciáticos!!!

Para que não pairem dúvidas sobre essa questão de mantras e assemelhados, tão em moda hoje em dia, verifiquemos o que disseram os Espíritos Superiores a Kardec:

Questão 553 ("O Livro dos Espíritos") - *"Que efeito podem produzir as fórmulas e práticas mediante as quais pessoas há que pretendem dispor do concurso dos Espíritos?"*

Resposta: *"O efeito de torná-las ridículas, se procedem de boa-fé. No caso contrário, são tratantes que merecem castigo.* ***Todas as fórmulas são mera charlatanaria. Não há palavra sacramental nenhuma****, nenhum sinal cabalístico, nem talismã, que tenha qualquer ação sobre os Espíritos,* ***porquanto estes são atraídos pelo pensamento e não pelas coisas materiais****."*

a) - *"Mas não é exato que alguns Espíritos têm ditado, eles próprios, fórmulas cabalísticas?"*

Resposta: *"Efetivamente, Espíritos há que indicam sinais,* ***palavras estranhas****, ou prescrevem a prática de atos, por meio dos quais se fazem os chamados conjuros. Mas, ficai certos de que são Espíritos que de vós escarnecem e zombam da vossa credulidade."*

Vianna de Carvalho, por sua vez, tece o seguinte

comentário:

"São dignas de respeito todas as formas de culto, quanto às mais diversas expressões religiosas.

"Não obstante, o Espiritismo é a Doutrina da libertação, que promove o homem, responsabiliza-o e o dignifica, auxiliando-o no empreendimento da renovação íntima e do seu crescimento para Deus.

"Demonstrando que cada qual são suas idéias, comportamento moral e atitudes, não as aparências, elucida que **as fórmulas e as palavras destituídas do apoio do exemplo não trazem qualquer conteúdo de força moral**, portanto, sem qualquer valor, se examinadas do ponto de vista espiritual (...)"

Quanto ao Espiritismo ser uma doutrina essencialmente cristã, o que parece ser alvo de crítica por parte dos "ecléticos" e "universalistas" ramatisistas, evoquemos a palavra esclarecedora de Deolindo Amorim sobre o assunto:

"O Evangelho, praticamente falando, é um código de vida. A moral do Evangelho, no que ela tem de mais límpido e perene, em todas as latitudes, desde que seja vivida e não apenas sabida de cor, é o mais seguro ponto de apoio para que o homem se torne melhor e mais feliz.

"O fato de haver Allan Kardec preferido não instituir nenhum sistema de moral, porque lhe bastou a moral cristã para o coroamento da doutrina por ele codificada, não quer dizer que o Espiritismo concorde com tudo quanto ensinam as diversas religiões e denominações cristãs (...)

"Não haveria necessidade, portanto, de ir buscar princípios ou regras de moral no Oriente, fosse onde fosse, quando a essência do Cristianismo fora e acima das desfigurações humanas, está em condições de realizar os altos objetivos do Espiritismo. (grifamos)

"Deixando à margem as discrepâncias concernentes ao verdadeiro espírito do Cristianismo, é lógico levar em consideração, todavia, que três circunstâncias justificam a propensão da Doutrina Espírita para a moral do Evangelho:

1ª) — *tendo sido o corpo da doutrina organizado no Ocidente, onde predomina a influência do Cristianismo, claro é que o movimento então nascente deveria ter mais afinidade com o pensamento cristão do que, por exemplo, com o Judaísmo, o Bramanismo, o Islamismo, etc;*

2ª) — *os próprios Espíritos instrutores, aqueles mesmos que transmitiram a doutrina, tal qual fora ditada do Alto, reconheceram Jesus o mais completo modelo de moral;*

3ª) — *tendo a moral de Jesus um sentido mais dinâmico do que estático (e são os seus próprios ensinos que o demonstram à saciedade, porque é, sobretudo, a moral da RESPONSABILIDADE e do esforço individual), naturalmente esta moral se harmoniza, em tudo, com o verdadeiro caráter da Doutrina Espírita, que é, por sua vez, uma doutrina cujas conseqüências se fazem sentir na reforma do homem, como necessidade básica.*

"Para que, pois, recorrer a outras fontes, se a moral do Evangelho é completamente satisfatória? Veja-se a questão nº 625, em O LIVRO DOS ESPÍRITOS: 'Qual o tipo mais perfeito que Deus tem oferecido ao homem, para lhe servir de modelo?' A resposta é categórica: 'JESUS'. É certo que alguns dos princípios pregados por Jesus já estão integrados na urdidura de outros códigos de moral, anteriores ao Cristianismo; mas a verdade é que os ensinos cristãos se espalharam e criaram raízes no meio ocidental." (*in* "O Espiritismo e as Doutrinas Espiritualistas", págs. 56 a 58)

Emmanuel igualmente esclarece, em "O Consolador", questão 293:

"O Cristianismo é a síntese, em simplicidade e luz, de todos os sistemas religiosos mais antigos, expressões fragmentárias das verdades sublimes trazidas ao mundo nas lições renovadoras do Evangelho."

Voltemos às considerações do médium de Ramatis em seu livro "Viagem Espiritual":

"Os espíritas trabalhavam com mediunidade, mas não sabiam quase nada sobre aura, chacras, duplo etérico, assuntos tão importantes para o desenvolvimento sadio da parte prática de qualquer médium."

O Sr. Wagner deve realmente desconhecer a literatura espírita. O tema "perispírito" é profundamente abordado nas obras da Codificação, especialmente em "A Gênese", capítulo XIV; "O Livro dos Médiuns", segunda parte, capítulos I a VIII. O tema é exaustivamente estudado nas obras de Gabriel Delanne e León Denis, entre outros. Em obras subsidiárias mediúnicas, André Luiz, já em 1945, passa a abordar as questões da aura, dos centros de força e do "duplo etérico" de maneira mais elucidativa em "Missionários da Luz", prosseguindo com maiores esclarecimentos nas obras subseqüentes. Importante frisar que tais obras vieram a lume antes do surgimento de Ramatis em nossas plagas. Portanto, as considerações do Sr. Wagner novamente não procedem. Além do mais, pelo que pudemos verificar, Ramatis nada traz de novo nessa área; antes apela para considerações sem base doutrinária segura, à medida que vai colher no Esoterismo e no Ocultismo as fontes para suas idéias e comentários.

Prossegue o Sr. Wagner:

"Falavam sobre carma e reencarnação como se fosse

uma grande novidade, e esqueciam de que os hindus já falavam nisso há milhares de anos."

Os Espíritas suficientemente esclarecidos nunca olvidaram que os hindus, assim como os egípcios e outros povos, criam na reencarnação. Este assunto é exaustivamente tratado em várias obras espíritas por diferentes autores. Há um equívoco, porém, em tudo isso: a reencarnação não foi "invenção" de nenhum povo ou cultura. É lei natural, divina, sendo pois eterna e imutável como o próprio Deus. Coube aos profetas verdadeiros, aqueles inspirados por Deus, em todas as épocas, revelar as leis divinas e naturais. Assim sendo, encontramos Rama, Lao Tsé, Hermes Trimegisto, Krishna, Buda, entre outros, ensinando a reencarnação, todos sob a égide espiritual de Jesus, o maior de todos os reveladores divinos. Não há razão, portanto, para enciumar-se o Sr. Wagner, exigindo dos Espíritas que caiam aos pés dos hindus, glorificando-os por terem "descoberto" a reencarnação!

"Citavam Allan Kardec e o 'Livro dos Espíritos' quanto à pluralidade dos mundos, mas estranhavam quando alguém falava sobre vida em outros planetas e extraterrestres."

Peço ao leitor que releia o capítulo III da presente obra, quando tratamos do método que Kardec utilizou no que concerne aos informes espirituais que tratassem de questões astronômicas, que são atinentes aos esforços da Ciência. Assim, os Espíritos, e também os Espíritas, conforme a orientação do Espírito de Verdade, devem evitar imiscuir-se nessas questões em particular, satisfazendo-se em crer na pluralidade dos mundos habitados, legando à Ciência a confirmação da existência de vida nesse ou naquele planeta. Especulações não consagram verdades científicas.

"Como os livros de Ramatis eram psicografados

através de um médium, os leitores imediatamente associavam ao Espiritismo kardecista, que tem como base justamente a mediunidade."

O Sr. Wagner pareceu mais sensato desta vez. Realmente, nem todo livro que é escrito por via mediúnica pode ser considerado espírita. A mediunidade não é apanágio do Espiritismo. É faculdade latente em todas as pessoas. As manifestações mediúnicas sempre estiveram presentes em todas as épocas da humanidade, desde os homens primitivos até nossos dias.

Não há o porquê dessa associação a que se refere o Sr. Wagner. Os livros de Ramatis não são espíritas, pois contêm ensinos contrários aos da Doutrina Espírita. São livros espiritualistas escritos por via mediúnica.

Só para lembrar: não há Espiritismo "kardecista". O Espiritismo é um só: aquele codificado por Allan Kardec. O general Milton O' Reilly, um profundo conhecedor da Doutrina Espírita, certa vez esclareceu:

"Já tivemos ocasião de afirmar, várias vezes, que não há outro Espiritismo senão o codificado por Allan Kardec, o que está contido em 'O Livro dos Espíritos' e nas demais obras da Codificação; não há baixo nem alto Espiritismo, não há Espiritismo kardecista (ou de mesa) e Espiritismo de terreiro, e sim Espiritismo, unicamente Espiritismo.

O uso de tais expressões dará a idéia de que há mais de uma doutrina espírita, o que seria absurdo, pois Espiritismo é um só, e esta palavra deve ser defendida das deturpações inconscientes ou intencionais. A palavra **ESPIRITISMO**, criou-a Kardec sob a assistência do Espírito de Verdade.

Quando dizemos Espiritismo, dizemos — ensino dos Espíritos Superiores. Não há outro Espiritismo, e a doutrina designada por esta palavra está inteira na codificação kardequiana."

Aliás, os adversários do Espiritismo utilizam-se comumente deste termo com o intuito de diminuir-lhe a importância e reduzi-lo a uma seita cujos postulados foram criados por uma só pessoa: Allan Kardec. Mais uma lamentável inexatidão do médium de Ramatis, que resolve atacar:

"Como a maioria dos espíritas não concordava com o teor de tais livros, preferiu-se renegar o trabalho de Ramatis. Essa postura ortodoxa, de negar o que é diferente, tão comum a quem é quadrado mentalmente, por incrível que pareça, permanece até hoje nos meios espíritas."

O médium Wagner Borges foi ousado desta vez. Chamou a maioria dos espíritas de "quadrados" mentais por não aceitarem as excrescências doutrinárias do "mestre" Ramatis! Essa postura evidencia a obsessiva preocupação dos ramatisistas em verem o seu líder espiritual dominar as lides doutrinárias espíritas, coisa que, até o presente momento, parece estar longe de conseguir, embora exista uma gama muito grande de desinformados a prestigiar os núcleos ramatisistas.

Jacob Melo, em seu livro "O Passe" (ed. FEB) faz um comentário crítico que a nosso ver se ajusta muito à postura ideológica ramatisista dentro do Movimento Espírita:

"... infelizmente existem espíritas que se rotulam de 'modernos' e, da mesma maneira como encontraram adjetivo para eles próprios, buscaram os de 'conservadores e retrógrados' como sinônimos para aqueles que cuidam da doutrina com zelo e pureza. Pelo fato de Kardec ter vivido no século passado, esses 'modernos' chamam seu Pentateuco de 'clássico', ensejando se tratar de 'artigo de prateleira de museu'. Embora tenhamos aprendido a respeitar as opiniões alheias, não podemos concordar nem aceitá-las todas. E essa é uma que discordamos; entendemos como pureza doutrinária a fidelidade que devemos ter ao Pentateuco Kardequiano e o respeito à sua linha isenta de rituais, cismas e dogmas, buscando a atualidade das coisas mas não nos entusiasmando excessivamente pelas levas sucessivas de modismos que de tempos em tempos assolam nosso meio, quase sempre destituídas de qualquer fundamentação lógica ou doutrinária. Afinal, atualizar-se não quer dizer desprezar ou menosprezar as bases; ao contrário, significa justapor-lhe, à essência, os avanços comprovadamente coerentes e cabíveis."

Ainda o Sr. Borges no ataque:

"Se o amigo leitor entrar numa livraria espírita tradicional e perguntar pelas obras de Ramatis, além de não encontrá-las, é bem capaz de que seja fuzilado pelo olhar indignado de algum kardecista ortodoxo que por lá estiver. Isso já aconteceu comigo e com várias pessoas que conheço."

O Sr. Wagner procura transparecer que os Espíritas, além de sectários, são fanáticos perigosos, prontos a destratar quem não vá por suas cabeças...

E aí, em resposta, vai uma convocação aos livreiros e livrarias espíritas: não vendam obras que afrontem os princípios espíritas! Quem desejar adquirir tais livros, os terá à disposição nas livrarias tradicionais, bem mais numerosas. Não nos cabe, obviamente, a criação de um novo *Index Librorum Prohibitorum* com a lista dos livros proibidos. Sigamos o que aconselha Paulo de Tarso em I Tessalonicenses, 5-21: *"Examinai tudo e abraçai o que for bom"*; e ainda o que recomenda Emmanuel: *"Se abraçaste a Doutrina Espírita, não lhe negue fidelidade."*

Assim, pois, nos é permitido ler de tudo, mas se somos Espíritas, devemos ser criteriosos quanto ao que lemos e, principalmente, quanto ao que retemos da leitura. A aceitação cega de qualquer teoria, sem um exame mais aprofundado, é, no mínimo, indício de falta de discernimento. Acautelemo-nos, assim, dos "novidadeiros" de qualquer procedência que sempre dão aos seus relatos um cunho de singularidade, no intuito de transparecer superioridade sobre os demais, com os quais desejam impor-se.

O Espírito Odilon Fernandes, através do médium Carlos Bacelli, aborda essa questão em "Mediunidade e Doutrina" (ed. IDE):

"O Espírito, quando bem intencionado, não luta para que o seu ponto de vista prevaleça sobre os demais. Isso também vale para os médiuns.

O Espírito esclarecido não deseja impor a sua opinião, pois sabe que não detém a última palavra, com referência ao assunto ventilado.

Os Espíritos Superiores que ditaram a Codificação orientaram a que submetesse os seus próprios comunicados 'ao controle da razão e da mais severa lógica'.

Somente os Espíritos de uma faixa superior têm opiniões mais ou menos estáveis, mas, mesmo assim, não gostam de ditar normas de conduta. Eles têm um respeito muito grande pelo livre-arbítrio de cada um."

Retornemos ao que diz o médium de Ramatis:

"No entanto se o trabalho de Ramatis não foi bem recebido no movimento espírita, o mesmo não aconteceu na área esotérica. Muitos ocultistas, teosofistas, maçons, rosacruzes, martinistas e livres-pensadores simpatizaram com a maneira eclética com que ele abordava os vários temas espiritualistas. Muitos viam nele o ponto de união e equilíbrio do Ocultismo com o Espiritismo." (...)

Louvemos os ocultistas, os teosofistas, os maçons, os

rosacruzes, etc., pois que eles estão sendo mais coerentes do que alguns espíritas por aí. Os ensinos de Ramatis têm tudo a ver com aquelas escolas religiosas e pouquíssimo a ver com o Espiritismo. Entre os orientalistas as mensagens de Ramatis, no entanto, não têm a aparência de novidade, que tanto atrai alguns espíritas desavisados, e, por isso, não devem causar tanto sucesso assim..

Agora, dizer que em Ramatis encontra-*se "o ponto de união e equilíbrio do Ocultismo com o Espiritismo"* constitui claríssima evidência do que vem a ser "ecletismo" na cabeça de alguns: um emaranhado de crenças antagônicas entre si, tornadas ainda mais confusas quando se intenta anexá-las a uma Doutrina eminentemente cientifica e moralizante como é o Espiritismo. Confira o leitor por si próprio:

"É aí que o trabalho de Ramatis se reveste de grande importância. Ele busca unir o conhecimento espírita com o conhecimento ocultista e ainda adicionar a essa união o conhecimento espiritualista oriental. O resultado disso pode ser chamado de Universalismo, ou simplesmente, de Espiritualismo."

Recorramos, mais uma vez, a Deolindo Amorim, esse fiel intérprete da Doutrina Espírita, sempre claro e objetivo na defesa dos princípios espíritas:

"Não compete ao Espiritismo interpretar a Cabala nem qualquer outro ramo do Ocultismo. Condensa-se no Espiritismo, contudo, uma série de concepções e argumentos sobre problemas que também se projetam no corpo de outras doutrinas espiritualistas. Nem sempre, porém, os problemas são considerados em face do mesmo prisma entre os espiritualistas de todas as procedências doutrinárias. Mister se faz, por isso mesmo, que se compreenda bem o caráter de cada doutrina, cada movimento, cada escola espiritualista,

para evitar interpretações confusas, sem que, com isto, se venha a ferir o espírito de solidariedade e tolerância. Mais racional do que mística, mais experimental do que metafísica, a doutrina codificada por Allan Kardec muito se liga aos raciocínios positivos, sem chegar, todavia, ao exagero daqueles experimentadores que, dominados pela quase obsessão do 'espírito científico' fecham seus olhos às claridades da vida espiritual." ("O Espiritismo e as Doutrinas Espiritualistas", pág. 47)

Aí, então, o Sr. Wagner Borges inicia sua defesa a Ramatis com explicações no mínimo ingênuas aos questionamentos que lhe foram endereçados por alguns leitores mais atentos:

"Muitos leitores de Ramatis costumam me perguntar por que há tantas contradições nas informações contidas nos seus livros. Citam, por exemplo, o capítulo sobre limitação de filhos, da obra 'A Vida Humana e o Espírito Imortal', onde, supostamente, Ramatis estaria se colocando firmemente contra a pílula anticoncepcional.

"Estranham, também, o radicalismo de Ramatis nas questões sobre vegetarianismo, no livro 'Fisiologia da Alma'. Citam com freqüência o livro "A Vida no Planeta Marte" e perguntam por que as sondas americanas não detectaram lá a vida que Ramatis afirma existir no planeta. E questionam, principalmente, o livro 'Mensagens do Astral' onde Ramatis fala sobre o juízo final.

"A resposta a essas perguntas é bem clara: infelizmente, durante a recepção mediúnica de alguns livros, houve forte interferência dos condicionamentos subconscientes de Hercílio Maes nas mensagens transmitidas. Ele era um ótimo sensitivo, mas quem trabalha com a mediunidade está sujeito a esses percalços inconscientes.

"É esse o caso, por exemplo, quando parece que é Ramatis que está se expressando contra a pílula anticoncepcional. É óbvio que não era ele.

"Se observarmos bem a época (década de 1960) em que Hercílio Maes recebeu as comunicações de Ramatis sobre esse tema, notaremos claramente que, com exceção dos médicos e da juventude questionadora que buscava uma maior liberação dos costumes ortodoxos, a maior parte da população brasileira (conservadora, latina e cristã) não aceitava o advento da pílula anticoncepcional. Inclusive, até mesmo a maioria dos espiritualistas repudiava tal método contraceptivo.

"O argumento que usavam era o de que havia muitos espíritos desencarnados *precisando reencarnar e, com o surgimento da pílula, as oportunidades de renascimento na Terra diminuiriam bastante.*

"Isto é, o conceito espiritualista era o de que se as mulheres passassem a usar a pílula anticoncepcional, o departamento reencarnatório do plano espiritual se veria em 'maus lençóis' para encaixar os espíritos numa nova reencarnação terrestre.

"Obviamente que esse argumento não tem consistência, (...)

"A principal prova disso é que mesmo já passados trinta anos do advento da pílula a população continua aumentando vertiginosamente. O planeta tem atualmente quase seis bilhões de pessoas e o Brasil, que naquela época tinha noventa milhões de habitantes, tem hoje cerca de cento e quarenta milhões.

"(...) A minha intenção é esclarecer o leitor a respeito das aparentes contradições de Ramatis sobre o tema em questão.

"Posso resumir isso da seguinte maneira: Hercílio Maes recebeu as mensagens de Ramatis que estão contidas no capítulo sobre a limitação de filhos do livro 'A Vida Humana e o Espírito Imortal' no final da década de 1960, época em que havia uma grande oposição popular e religiosa quanto ao uso da pílula anticoncepcional.

"Maes, como médium intuitivo, captou subconscientemente as formas-pensamento da egrégora criada pela opinião pública e foi influenciado por isso no momento da recepção das mensagens. Em outras palavras, ele somatizou o que a maioria estava pensando e filtrou isso mediunicamente, como se fosse a opinião de Ramatis. Acrescente-se a isso que ele, como pessoa normal encarnada, tinha a sua própria opinião sobre o assunto. E esta, é claro, estava acondicionada pela sua condição de espiritualista, que, como já dissemos antes, era desfavorável ao uso de métodos anticoncepcionais.

"Isso tudo influenciou drasticamente o conteúdo das mensagens passadas *mediunicamente por Ramatis e levou a sérios erros de interpretação."*

O Sr. Borges teve discernimento suficiente para verificar o caráter de radicalismo e incoerência da argumentação ramatisiana. No entanto, atribui ao médium Hercílio Maes a interferência na filtragem do pensamento de Ramatis. As evidências dessa interferência, ao nosso ver, são mínimas. Em todo o capítulo intitulado "Problema da Limitação de Filhos", constante da obra "A Vida Humana e o Espírito Imortal" (ed. Freitas Bastos), o Espírito deixa bastante evidenciada sua opinião sobre a questão. Seu posicionamento não se encontra encerrado em uma ou outra frase, porém ao longo do texto. Igualmente constam da obra "A Vida Além da Sepultura" idênticas declarações de

Ramatis sobre o tema. No capítulo "Limitação de Filhos", Ramatis pronuncia-se contra os métodos contraceptivos e a prática sexual que não tenha por finalidade a procriação.

Confira o leitor através dos trechos que transcrevemos:

Pergunta: *"Mas as pílulas anticoncepcionais, que permitem o controle de nascimentos conforme as possibilidades dos progenitores, não tornam lícitas as relações sexuais?"*

Ramatis: *"Só existe um processo que torna lícita a relação sexual e a limitação de filhos; é a continência e a abstinência sexual!" (...)* (pág.86)

Pergunta: *"Mas, insistimos, a pílula anticoncepcional não é um recurso mais coerente e sensato para o controle natal, em vez do método censurável e perigoso do aborto?"*

Ramatis: *"Não importa a coerência e sensatez dos meios usados para a 'limitação de filhos', mas o fato concreto é o seguinte: quanto mais corpos carnais, mais espíritos encarnados, quanto mais espíritos encarnados, mais progresso e solução dos problemas espirituais que atingem a todos nós! (...)*

Não foi necessário o uso de pílulas anticoncepcionais para limitar-se a procriação dos animais antediluvianos e monstruosos, como eram brontossauros e dinossauros, pois eles foram escasseando sob o rigorismo da própria lei que os criou." (pág.87)

Depois de comparar os homens aos dinossauros pré-históricos, Ramatis ainda explicita uma infeliz opinião, que tem tudo a ver com o adágio: *"Os fins justificam os meios"*.

Pergunta: *"E que dizeis dos sultões, donos de vastos 'haréns' de mulheres, cuja descendência atinge a centenas de filhos?"*

Ramatis: *"Eles cumprem a Lei da Procriação sob os*

costumes e a moral concebida pela sua raça, atendendo às próprias necessidades dos espíritos de sua linhagem evolutiva! (...)

"Assim, a prolífica descendência dos sultões, no Oriente, ou de certos povos e tribos disseminados pela África e Ásia, auxilia na solução dos problemas espirituais, porque proporcionam os corpos ou instrumentos de aprendizado para outros irmãos desesperados ou carentes de alfabetização, através do livro da natureza material!" (pág.89)

Mas o que faz a teoria do Sr. Borges acerca da autenticidade da opinião de Ramatis esboroar-se definitivamente é o fato de a entidade espiritual emitir a mesma opinião em mensagens recebidas por diferentes médiuns. Em obra intitulada "Livro da Vida", psicografada por Heny Lopes Guimarães, Ramatis responde a seguinte pergunta:

"Irmão Ramatis, que conseqüências traz para a sociedade o uso das pílulas anticoncepcionais?"

Ramatis: *"Se analisarem bem as conseqüências, irão notar que as pílulas anticoncepcionais provocam desajustes familiares, grandes desequilíbrios emocionais, graves problemas de relacionamento, aumento de prostituição, trazendo sérias influências, abalos e manifestações negativas ao organismo das criaturas, e ainda, problemas sociais e uma série de distúrbios."*

Com que desculpa virá o Sr. Borges no futuro? Interferência do médium mais uma vez? Isso nos faz lembrar de um outro adágio: "O pior cego não é o que não enxerga, mas o que não quer ver." O médium de Ramatis parece não querer convencer-se da existência das múltiplas inexatidões doutrinárias veiculadas nas obras ramatisianas, que só fazem confundir aqueles que as lêem, instaurando, conseqüentemente, toda uma espécie de cisma dentro do movimento espírita: entre aqueles que se intitulam Ramatisistas e os que preferem adotar uma postura mais coerente, procurando aceitar somente aquilo que se encontra confirmado através do critério mais confiável: a universalidade do ensino dos Espíritos.

E os Espíritos Superiores são universalmente concordantes acerca dos métodos anticoncepcionais: estes são válidos no que concerne a regular a reprodução de acordo com as necessidades, e não para satisfação da sensualidade. Deus concedeu ao homem o direito de interferir inteligentemente nesse sentido, diferentemente dos animais. A essa ação inteligente deu-se o nome de "planejamento familiar". No entender de Ramatis, entretanto, ao homem não foi legado esse direito. Segundo ele, a assertiva evangélica estatuiu o "crescei e multiplicai-vos" e não há outra opção senão seguir o preceito bíblico ao pé da letra. Todo e qualquer método contraceptivo é por ele condenado, cabendo ao casal ter, no mínimo, quatro filhos para estar quite com a Lei.

O Sr. Borges, porém, prossegue em sua defesa apaixonada:

"Com relação aos outros livros questionados pelos leitores, posso dizer que Ramatis sempre foi favorável à alimentação vegetariana (...)

"Porém, ele não é radical em assunto algum. Como espírito evoluído, é portador de um grande senso de equilíbrio e respeita os pontos de vista alheios, mesmo que não concorde com eles.

"O conteúdo das idéias expostas no livro 'Fisiologia da Alma' é de sua autoria, mas o radicalismo das opiniões é de Hercílio Maes, que era fanático por vegetarianismo, e que, sem querer, pelo mesmo motivo já explicado antes, revestiu as idéias de Ramatis com seu próprio temperamento (extremamente rigoroso nessa questão)."

Sejamos lógicos: um Espírito ainda tão apegado às crenças hinduístas, só podia ser radical em relação a esse assunto. É de conhecimento geral que, na Índia, a vaca é considerada sagrada. O povo passa fome, mas resiste em não comer carne, enquanto os bovinos, lampeiros, passeiam livremente pelas ruas, ostentando evidentes sinais de maus tratos.

Também somos daqueles que vêem com simpatia o vegetarianismo, embora os Espíritos Superiores nos coloquem bem à vontade para decidirmos. Em "O Livro dos Espíritos", Kardec indaga:

Questão 723. *A alimentação animal é, com relação ao homem, contrária à lei da Natureza?*

Resposta: *"**Dada a vossa constituição física, a carne alimenta a carne, do contrário o homem perece**. A lei de conservação lhe prescreve, como um dever, que mantenha suas forças e sua saúde, para cumprir a lei do trabalho. Ele, pois, tem que se alimentar **conforme o reclame a sua organização**."*

Outros Espíritos, tais como Emmanuel, André Luiz e Humberto de Campos, entre outros, evidenciaram ter opiniões desfavoráveis ao consumo da carne, em análises equilibradas acerca de tal problemática. Porém, nenhum deles deu à questão tamanha importância como o faz Ramatis em suas obras. Encontramos, a mancheias, longas exprobações da mencionada entidade àqueles que comem carne, como se esse fosse grave delito de decisivas conseqüências espirituais! É idêntica à visão dos líderes hinduístas e orientalistas sobre o assunto. Daí verificarmos quando estamos lidando com um Espírito verdadeiramente superior: sua opinião segue sempre o critério de equilíbrio e comedimento no estudo das questões, e não o de condicionamentos culturais.

Confira agora, amigo leitor, o que afirma o Sr. Borges acerca das mensagens de Ramatis sobre o planeta Marte:

"Quanto ao livro 'A Vida no Planeta Marte' esse talvez tenha sido o maior equívoco mediúnico de Hercílio Maes. Todas as informações sobre a vida extraterrestre ali descrita são verdadeiras. No entanto, há um detalhe muito importante que precisa ser considerado: as informações são reais, mas aquele planeta não é Marte!

"Pode ser até que exista vida em Marte, quem sabe até em outra dimensão, ou até mesmo fisicamente, talvez fora do alcance da observação das sondas que lá estiveram. Mas, aquilo que Ramatis descreveu em seu livro não parece ser compatível com o que os astrônomos e pesquisadores encontraram no planeta. Se ali houvesse realmente uma civilização evoluída, como a que Ramatis descreve, haveria indícios claros disso no planeta.

"O mais provável é que Ramatis tenha descrito a vida em outro planeta, talvez até mesmo fora do sistema solar, e o subconsciente de Hercílio Maes, condicionado com as informações da época (década de 1950) sobre o planeta vermelho, filtrou mediunicamente errado o nome de Marte."

Apiedamo-nos, sinceramente, do médium Hercílio Maes. Temos certeza de que, ao receber as mensagens de Ramatis, ele o fazia com desejo de ser útil. Agora que a lógica dos fatos vem dar testemunhos contrários aos postulados ramatisianos, recai sobre ele a autoria de informes que, comprovadamente, nada têm de verdadeiro.

Afirmar que o médium Hercílio filtrou mal o nome de

Marte é o mesmo que asseverar que ele o fez mais de 250 vezes ao longo da obra, sem contar os termos derivados, tais como *marciano*, que aparece mais algumas centenas de vezes. As descrições em si mesmas, efetuadas por Ramatis, no que concerne ao posicionamento do planeta em relação à Terra e ao Sol, só fazem crer que é mesmo a Marte, e a nenhum outro planeta, que Ramatis esteja se referindo. Afigura-se bem pouco provável a hipótese aventada pelo Sr. Borges, já que a obra, em seu contexto, refere-se continuamente ao planeta Marte.

Mais coerente seria, então, que o Sr. Borges afirmasse ser a mencionada obra, em sua totalidade, fruto da imaginação do médium, em vez de estar procurando desculpas ingênuas e ilógicas para defender a entidade espiritual e, ao mesmo tempo, poupar o médium Hercílio Maes.

O Sr. Borges parece ter se informado acerca das novas investigações científicas realizadas sobre o referido planeta, porém não deve ter tomado conhecimento de que as sondas rastrearam 100% da superfície de Marte; nem sequer uma região deixou de ser fotografada e detalhadamente mapeada por elas. As descrições de Ramatis — seu próprio médium o reconhece — estão, em inúmeros pontos, em oposição aos fatos cientificamente comprovados. Quanto à hipótese de os marcianos revestirem um corpo imaterial, fluídico, e por isso invisível aos nossos olhos (e das sondas!), é o próprio Ramatis quem exclui essa possibilidade, dizendo tratar-se Marte de um mundo cujos habitantes possuem corpo material e algo semelhante aos nossos.

No último trecho que transcrevemos do livro "Viagem Espiritual", o Sr. Wagner Borges, já sem explicações plausíveis face ao questionamento feito por inúmeros leitores atentos das obras de Ramatis, procura desconversar:

"Quanto ao livro 'Mensagens do Astral', que fala do 'fim dos tempos', de terceiro milênio e de grandes catástrofes que iriam acontecer no final do século XX, só posso dizer que já é comum em todo final de milênio aparecerem as tradicionais 'profecias terríveis' sobre a humanidade. E, naturalmente, elas vêm acompanhadas dos indefectíveis fanáticos que acham que serão resgatados para algum paraíso preparado somente para eles.

"Não acredito em nada disso e estou pouco ligando se acontecerão catástrofes ou não. Afinal, sou um espírito imortal e só me interessa aquilo que for positivo para a humanidade.

"Em nenhuma oportunidade os espíritos me falaram sobre o 'final dos tempos' ou coisa do gênero. Eles sempre falam em melhoria do planeta e crescimento das consciências. Inclusive, vários deles estão planejando reencarnar na Terra, futuramente.

"Acho que o 'final dos tempos' é simbólico e significa, talvez, o final dos tempos materialistas e insanos. Afinal, as pessoas estão, cada vez mais, procurando um caminho espiritual.

"Isto é, o final dos tempos vai se dar dentro de cada um, e não externamente. A besta do juízo final é o próprio pensamento, pois é com ele que vamos discernir o nosso rumo, e é com a força da razão que vamos derrubar os muros da ignorância, esta sim, a verdadeira condenada ao final dos tempos."

Ora, a opinião do médium de Ramatis vai de encontro a tudo o que o Espírito afirma acerca do "fim dos tempos", não só no livro "Mensagens do Astral", mas em todas as suas obras! Tendo disso conhecimento, o Sr. Wagner nem se atreve a aventar a estapafúrdia hipótese de ter havido interferência do médium ao longo das aproximadamente 12 obras psicografadas, mesmo porque Ramatis trata dessa questão em livros psicografados pelas médiuns América Paoliello Marques e Margarida Liguori, nos quais insiste em asseverar que o fim do século estará repleto de acontecimentos catastróficos e inusitados. Verifique o que Ramatis diz, por exemplo, em trechos de "Brasil, Terra de Promissão" (ed. Freitas Bastos), através da médium América Paoliello:

"Como já afirmamos, o povo brasileiro permanece como a agremiação mais jovem capaz de socorrer em larga escala a ***tragédia do final dos tempos.****"* (pág.198) (grifos nossos)

"... quando a maior parte do planeta se transformar num ermo calcinado pelo **cataclisma em que as forças da natureza se sublevarão diante dos dragões da dor despertos pelo desamor entre as criaturas**.

O Inferno de Dante parecerá ter encontrado sua representação ao vivo no plano material e o Mestre Ñazareno será invocado pelas almas estarrecidas pelo pavor."(pág. 199) (grifos nossos)

Capítulo VII

RAMATIS, O PRESIDENTE DO BRASIL E AS PROFECIAS

Voltamos ao assunto preferido por Ramatis em suas mensagens: as previsões para o futuro. Incursionando por esse terreno delicado, a Entidade responde sem objeções às mais ousadas perguntas sobre o porvir. Em "A Vida Humana e o Espírito Imortal", pág. 298 (4ª ed. Freitas Bastos) consta o seguinte:

Pergunta: — *Há fundamento na predição de que o Brasil, em breve, será governado por um presidente que, além de íntegro e excelente administrador, ainda saberá elevar o índice de espiritualidade do povo brasileiro?*

Ramatis: "*Realmente, há fundamento na predição e podemos informar-vos que já se encontra encarnado, no Brasil, esse espírito que, além de ser dotado de invulgar capacidade administrativa, ainda é louvável instrutor espiritual. É criatura de avançado saber espiritual, mas visceralmente apolítica e de sentimentos religiosos universalistas, acima de seitas, doutrinas ou dogmas limitativos. Homem modesto, comunicativo e inteligente, é avesso a pompas, gloríolas, consagrações, louvores, preconceitos e quinquilharias do mundo material. Atualmente vive à sombra de diversos movimentos espiritualistas, mas sem qualquer sectarismo que estiola o sentimento religioso ou fanatismo que resseca a alma! Ele será capaz de mobilizar energias incomuns para os melhores feitos em favor do seu povo! Afeito à música, pintura, ciência, educação e aos problemas de saúde da gente sem amparo, ainda é devotado a qualquer iniciativa que aperfeiçoe o homem! Espírito hábil, arguto, pesquisador, sem demagogia e mistificações, poderá esquematizar uma assistência social e moral, de modo a solucionar grande parte do marginalismo das favelas. Sem ultrapassar o sentido lógico e respeito do direito humano, sob seu governo a crença religiosa será livre e os cultos favorecidos, sem o perigo do sectarismo que semeia conflitos e dissenções entre adeptos religiosos."*

Pergunta: *Mas se é homem sem ambições políticas, como poderia tornar-se presidente do Brasil, o qual sempre é fruto da especulação eleitoral majoritária?*

Ramatis: " *Não será um governo produto das conveniências políticas partidárias, nem de movimentos de emancipação nacionalista ou 'salvacionista', mas resultado da escolha espontânea e da vontade unificada do povo, que já se mostra bastante decepcionado com os políticos astuciosos, mercenários e mentirosos! Nenhuma força poderá impedir-lhe a ascensão, porque isso é uma predestinação do Alto e acima de quaisquer pendências humanas!"*

Segundo Ramatis, essa pessoa já é bastante conhecida entre nós:

Ramatis: "... *Mas podemos afirmar-vos que esse espírito candidato ao governo brasileiro já percorreu* ***metade do caminho*** *que pode levá-lo ao cargo supremo do país! E caso o seu nome fosse revelado, cremos que metade da população brasileira o aplaudiria, de imediato, em apoio à sua predestinação!"*

E aí está uma verdadeira charada para o leitor resolver:

quem é a pessoa a que Ramatis se refere? De minha parte, afirmo que não conheço ninguém com esse perfil.

Acredito que o leitor também não.

Aliás, não poderia ser de outra forma: ela não existe! Certamente há quem reúna essas qualidades morais, mas não há, no Brasil, qualquer pessoa de renome com essa trajetória de vida e que tenha o respaldo necessário para passar por cima de partidos e instituições a fim de alcançar o poder num lance espetacular, quase de origem messiânica!

Tendo em mente que Ramatis "profetizou" a ascensão dessa figura ao poder antes do advento do "fim dos tempos", no ano 2000, e estando destinado nosso atual presidente, Fernando Henrique Cardoso a permanecer no cargo até 1998, caso não seja reeleito, já se evidencia que a previsão não se cumprirá. O leitor perguntará a si mesmo quanto à eleição presidencial em 1998. Note o leitor que Ramatis asseverou que esse candidato já percorreu *metade* do caminho rumo ao Planalto — isso em 1970! ! ! Já se passaram mais de 25 anos e sequer um candidato que faça lembrar o dito cujo!...

Abusando ainda da ingenuidade dos leitores, Ramatis, em 1974, vem com mais previsões absurdas, que constam do livro "O Evangelho à Luz do Cosmo" (3ª ed., Freitas Bastos), também psicografado por Hercílio Maes. Sempre apelando para as profecias de terror, Ramatis responde ao seguinte questionamento:

Pergunta: — *Conhecemos uma profecia, a qual assim diz: 'quando a hora chegar e o Crescente invadir a Europa, o Papa casar-se-á com um homem que vem vestido de mulher'! Poderíeis informar-nos a respeito dessa predição tão excêntrica ou cabalística?*

Ramatis: *"Presume-se, conforme as profecias, que até o final deste século os chineses e certa porcentagem dos povos árabes deveriam invadir a Europa, penetrando através do Tibet e Mandchúria, depois atacando Paris, Roma e Londres. Evidentemente, quando isso acontecer, o Papa em vigência no Vaticano há de buscar outro país para continuar a gerir o seu comando católico, uma vez que os invasores cultuam doutrina religiosa antagônica à Igreja Católica! Impossibilitado de permanecer na Europa, ou sediar-se em qualquer país não católico, será o Brasil, fundamentalmente religioso, a esperança e a solução mais recomendável. Em face da violência e do tumulto revolucionário tão freqüentes nos países da América Latina, e da predominância do protestantismo na América do Norte, o povo brasileiro, essencialmente fraterno e afetivo, então há de oferecer o clima desejado para a* futura sede do Vaticano.

Evidentemente, quando isso acontecer, também deverá se comprovar a profecia excêntrica de que 'na hora dos tempos o Papa casar-se-á com um homem que tem nome de mulher', ou seja, transfere-se para o Brasil, que tem nome de homem, ou masculino, e situa-se em Brasília, que tem nome de mulher, ou feminino, e conseqüentemente o local melhor escolhido, por se tratar da capital federal brasileira."

Poderíamos, amigo leitor, tecer aqui vários comentários técnicos acerca da geopolítica mundial, no contexto das relações internacionais (por ser essa nossa especialização acadêmica) que concluiriam contrariamente à possibilidade de uma invasão árabe-chinesa à Europa e da mudança do Papa para o Brasil. No entanto, furto-me a proceder assim por confiar no bom senso do leitor na análise dessas previsões. Qualquer pessoa suficientemente informada sobre o que se passa no mundo, através de uma simples leitura diária dos jornais, vai concluir pela total impossibilidade de esses fatos virem a se verificar. No entanto, para os que preferirem confiar na citada Entidade, melhor aguardar os acontecimentos para se convencerem. Afinal de contas, o ano 2000 está às portas!

Capítulo VIII
RAMATIS E A VIDA DE JESUS

Nem mesmo o Mestre Jesus passa incólume aos comentários despropositados dos pseudo-sábios da erraticidade.

Não bastassem as injúrias dos adversários históricos do Cristianismo, e dos desvios cometidos pelas religiões dogmáticas, eis que surgem elementos infiltrados no Espiritismo a adotarem posicionamentos que só tendem a confundir os crentes quanto à missão de Jesus e sua verdadeira identidade.

Primeiro veio Roustaing e seu "Os Quatro Evangelhos", onde certos Espíritos, utilizando-se indebitamente do nome de Moisés e dos Apóstolos, afirmaram ter sido Jesus um agênere, um ser de natureza extraterrena, uma espécie de "fantasma" que habitara entre os "vivos". O argumento é exaustivamente tratado ao longo de extensa obra, com a clara intenção de desviar a atenção do leitor do que é verdadeiramente importante: a moral evangélica legada pelo Cristo!

O prof. Herculano Pires, assim como fez em relação a Ramatis, não se eximiu em alertar os espíritas ao analisar a obra de J.B. Roustaing:

" 'Os Quatro Evangelhos' são uma constante mistura de comentários que vão e vêm, como num redemoinho, entre o Velho e o Novo Testamento. É essa também uma técnica

de fascinação. O leitor se sente aturdido, mas atraído para o torvelinho. Quanto mais se aturde, mais se afunda no báratro das idéias em conflito, das explicações mil vezes repetidas. Há mesmo um Leit-motiv exasperante, no estilo do Bolero de Ravel, girando em parafuso para levar o leitor ao fundo do poço. Mas lá não se encontra a Verdade em sua nudez lendária e sim o dragão de boca chamejante." ("O Verbo e a Carne", J. Herculano Pires e Júlio Abreu Filho, Edições Cairbar, 1ª ed., pág.46)

Ramatis diverge de Roustaing no que tange a toda essa bobagem de corpo fluídico e quejandos. No entanto, não poderia deixar de trazer sua própria versão sobre a identidade do Mestre, em obra intitulada "O Sublime Peregrino" (ed. Freitas Bastos), psicografada por Hercílio Maes.

A Federação Espírita do Estado de São Paulo (FEESP) adiantou-se e reuniu, em 1962, um grupo de espíritas de reconhecida respeitabilidade para a análise do livro, e conforme acentua Ary Lex em "Pureza Doutrinária" (pág. 62), solicitou que fizessem um estudo minucioso e desapaixonado da referida obra ramatisiana. Chegaram às seguintes conclusões:

"O livro em apreço apresenta algumas facetas interessantes e vários capítulos perfeitamente aceitáveis; todavia, contém erros doutrinários clamorosos à luz do Espiritismo, como os contidos nos capítulos IV e V, que poderão semear confusão nos meios espíritas. Admite a influência astral sobre as criaturas como força decisiva no seu destino (páginas 36 e 54); admite que os destinos estão traçados há muito tempo (pág. 56); e, pior que tudo, faz distinção entre Jesus e Cristo, dizendo que 'o Cristo Planetário é uma entidade arcangélica, enquanto Jesus de Nazaré foi o seu médium mais perfeito na Terra' (pág. 62).

"Ramatis usa, constantemente, imagens e expressões católicas, como: arcanjo planetário, comando angélico, empreitada satânica, angelitude, coletividades satânicas, espíritos diabólicos, 'Salvador dos homens', 'atender à vontade do Senhor', 'a fim de redimir a humanidade', etc. . Jesus 'se glorificou pela sua própria morte sacrificial na cruz','carregava nos ombros frágeis a cruz das dores e do sofrimento de todos os homens'.

"A todo instante, valoriza a influência dos astros, coisa jamais aceita por Kardec. Introduz conceitos orientais na interpretação da vida de Jesus.

"Para que não haja confusões doutrinárias, considera a Federação que a leitura do livro só deveria ser feita por pessoas bem esclarecidas na Doutrina, com capacidade para extrair as noções boas da obra, escoimando-as das graves falhas à luz da Codificação, a fim de que se evitem os perigosos desvios doutrinários, uma vez que a obra não pode ser considerada de teor espírita, face à Codificação, por vir profundamente eivada de expressões não-espíritas, essencialmente esotéricas e católicas."

Para que o leitor possa verificar a justeza das críticas feitas pela comissão da FEESP ao conteúdo da obra "O Sublime Peregrino" de Ramatis, resolvemos transcrever alguns trechos da mesma:

"Assim foi calculado o tempo exato em que se daria o esponsalício desse trio planetário, quando a Terra ficasse sob a influência do magnetismo suave do signo de Peixes, ***para então baixar um Messias*** *e estabelecer um novo Código Espiritual de Libertação dos terrícolas."* (pág.32)

No trecho acima Ramatis deixa bem evidenciado a noção de que Jesus só pôde "baixar" à Terra sob a influência astrológica positiva do signo de Peixes!...

Ramatis, mais uma vez, contrapõe-se aos ensinos da Falange do Espírito Verdade. As chamadas "influências astrais" são consideradas por ele de ordem tão decisiva que foram elas fatores determinantes para a vinda de Jesus!

Kardec, o bom senso encarnado, por sua vez, elucida:

"Os grupos que tomaram o nome de 'constelações' mais não são do que agregados aparentes, causados pela distância; suas figuras não passam de efeitos de perspectiva, como que as luzes espalhadas por uma vasta planície, ou as árvores de uma floresta formam, aos olhos de quem as observa num ponto fixo. Na realidade, porém, tais agrupamentos não existem. Se nos pudéssemos transportar para a reunião de uma dessas constelações, à medida que nos aproximássemos dela, a sua forma se desmancharia e novos grupos se nos desenhariam à vista.

*Ora, não existindo esses agrupamentos senão na aparência, **é ilusória a significação que uma supersticiosa crença vulgar lhe atribui e somente na imaginação pode existir**.* (grifos nossos)

Para se distinguirem as constelações, deram-se-lhes nomes como estes: Leão, Touro, Gêmeos, Virgem, Balança, Capricórnio, Câncer, Orion, Hércules, Grande Ursa ou Carro de David, Pequena Ursa, Lira, etc.; e, para representá-las, atribuíram-se-lhes as formas que esses nomes lembram, fantasiosas em sua maioria e, em nenhum caso, guardando qualquer relação com os grupos de estrelas assim chamados. Fora, pois, inútil procurar no céu tais formas.

A crença na influência das constelações, sobretudo das que constituem os doze signos do zodíaco, proveio da idéia ligada aos nomes que elas trazem. Se à que se chama 'leão' fosse dado o nome de 'asno' ou de 'ovelha', certamente lhe teriam atribuído outra influência." ("A Gênese", capítulo

VI)

Dulcídio Dibo, fiel ao pensamento kardequiano, afirma que "*a Astrologia é a maior enfermidade de que tem padecido a razão*", recordando a frase proferida pelo astrônomo francês Jean-Sylvain Bailly. Segundo Dibo, a Astrologia "*é uma suposta ciência que julga os acontecimentos humanos, através da posição dos planetas do sistema solar, num determinado instante em que transitam na faixa do zodíaco. Não existe mais correspondência dos signos com a verdade astronômica atual*", já que se passaram 2.000 anos desde o estabelecimento do zodíaco. Devido, então, a um dos movimentos da Terra (chamado precessão dos equinócios), os signos se moveram na direção ocidental. "*Por exemplo: se afirmarmos, pois, — explica Dibo — que tal pessoa 'nasceu sob o signo de Áries', estamos caindo em erros astronômicos, porque corresponde agora a Pisces, em conseqüência do movimento de precessão dos equinócios.*" (*in* "Vida em Outros Planetas", pág. 60- ed. LAKE)

Prossigamos com o que diz Ramatis em "O Sublime Peregrino":

"*...nós transmitimos mensagens baseadas em instruções recebidas dos altos mentores do orbe. Portanto, já é tempo de vos afirmar que o Cristo Planetário é uma entidade arcangélica, enquanto Jesus de Nazaré, espírito sublime e angélico, foi o seu mais perfeito médium na Terra!*" (pág.63)

A fim de angariar a confiança do leitor, Ramatis afirma ter recebido da Espiritualidade Maior tal informação acerca da distinção entre Jesus e Cristo. Esse recurso é mui comumente usado pelos pseudo-sábios quando na tentativa de imporem suas idéias. Asseverando provir de fontes seguras a gama dos mais variados conceitos, por mais absurdos que sejam, o Espírito visa a impressionar os indivíduos, que então passam a não analisar o conteúdo das mensagens, deixando-se, assim, convencer mais facilmente, abdicando da razão.

O leitor poderá objetar: "Ora, por que não aceitarmos essa possibilidade de constituir-se Jesus intermediário de uma entidade superior? Isso é perfeitamente possível!"

Respondemos: em primeiro lugar, não a aceitamos porque adotamos os critérios a que nos referimos anteriormente — o da universalidade e concordância do ensino dos Espíritos. Se Ramatis diz ter recebido do Alto essa informação, por que ela não foi repassada aos outros Espíritos? Por que esse privilégio concedido a uma única entidade? Um conceito tão trivial como esse haveria de ser ensinado por todos os Espíritos Superiores indistintamente, não é certo?

Em segundo lugar, Jesus, devido à sua altíssima graduação espiritual, dispensaria muito bem qualquer cooperação que não aquela proveniente diretamente de Deus para o pleno cumprimento de sua missão na Terra. Emmanuel, em "A Caminho da Luz", capítulo 1, ed. FEB ("A Gênese Planetária" - 'A Comunidade dos Espíritos Puros') esclarece quanto a essa realidade:

"Rezam as tradições do mundo espiritual que na direção de todos os fenômenos, do nosso sistema, existe uma Comunidade de Espíritos Puros e Eleitos pelo Senhor Supremo do Universo, em cujas mãos se conservam as rédeas diretoras da vida em todas as coletividades planetárias.

Essa Comunidade de seres angélicos e perfeitos, da qual é **Jesus um dos membros divinos**, ao qual nos foi dado saber, apenas já se reuniu, nas proximidades da Terra, para a solução de problemas decisivos da organização e da direção de nosso planeta, por duas vezes no curso dos milênios conhecidos.

A primeira, verificou-se quando o orbe terrestre se desprendia da nebulosa solar, a fim de que se lançassem, no Tempo e no Espaço, as balizas do nosso sistema cosmogônico e os pródromos da vida na matéria em ignição, do planeta, e a segunda, quando se decidia a vinda do Senhor à face da Terra, trazendo à família humana a lição imortal do seu Evangelho de amor e redenção."

Ramatis, em certa altura do livro, tenta explicar a razão dessa distinção não ter sido perfeitamente explicada pelo próprio Jesus:

"E se Jesus não esclareceu melhor o assunto, assim o fez em virtude dos apóstolos não poderem especular sobre a realidade de que ele pudesse ser uma entidade, e o Cristo outra; assim como a falta de cultura, própria da época, não lhes permitia raciocínios tão profundos como a idéia de arcanjo planetário."

O argumento é convincente; no entanto, sendo o Espiritismo o Consolador Prometido, e que tem por missão explicar e esclarecer tudo aquilo que não pôde ter sido aprofundado por Jesus há 2.000 anos, por que essa distinção não foi, então, ensinada pelos Espíritos Superiores, sob a égide do Espírito Verdade?

Herculano Pires apelidou Ramatis, mui apropriadamente, devido a informes desse teor, de "novidadeiro", i.é, aquele Espírito sempre preocupado em fazer "revelações" espantosas!

Porém, ao ler a citada obra ramatisiana sobre a vida de Jesus, o que mais nos estarreceu foi o que consta do capítulo XXVI, intitulado "Jesus e os Essênios", onde Ramatis afirma ter Jesus aprendido (!) muito com os Essênios. Confira:

Pergunta: *Algumas obras esotéricas, principalmente*

da "Fraternidade Rosa-Cruz", afirmam que o Mestre Jesus viveu entre os Essênios, os quais influíram bastante na sua obra cristã. No entanto, outras obras, inclusive mediúnicas, asseguram que isso não aconteceu. Que dizeis a respeito?

Ramatis: "*Jesus, realmente, esteve em contato com os Essênios durante algum tempo e conheceu-lhes os costumes, as austeras virtudes, assim como teve oportunidade de apreciar-lhes as cerimônias singelas dos santuários menores externos, e os ritos mais sugestivos do 'Círculo Interno'.* ***Muitos de seus gestos, práticas e atos no mundo profano deixavam perceber as características essênicas*** *de elevado teor espiritual, pois eles guardavam muita semelhança com os primeiros cristãos.*

"Aliás, Jesus, como entidade de elevada estirpe sideral e insaciável na pesquisa do espírito imortal, ou da verdadeira vida do homem, ***jamais deixaria de procurar os Essênios e conhecer-lhes as idéias****, pois os mesmos já ensinavam o amor a Deus e ao próximo, criam na imortalidade e na reencarnação. (...)* (pág.278) (grifos nossos)

"Certas máximas evangélicas de Jesus eram verdadeiras paráfrases ou preceitos do mais puro essenismo, tal como os ensinamentos da 'porta estreita', 'não ponhais a candeia debaixo do alqueire' ou o conceito de 'não saiba a vossa mão esquerda o que dê a vossa mão direita', ainda hoje sublimado no tronco das oferendas usado no seio da maçonaria.(...)

"Onde Jesus teria buscado tantas historietas e conceitos da mais pura simbologia espiritual, caso não tivesse tido contato com os Essênios, quando entre os judeus devotos de Moisés só se transmitiam ensinamentos áridos, complexos e violentos, como a lei do 'olho por olho dente por dente'?" (pág.283)

"No entanto, Jesus transmitiu oralmente a seus apóstolos muitos dos ***ensinamentos hauridos entre os anciões do Monte Moab*** *(...)"* (pág.293) (grifos nossos)

Notamos total incoerência nas palavras de Ramatis. Embora a entidade espiritual reconheça Jesus como espírito de grande envergadura espiritual, afirma que Jesus teve muito a aprender com os iniciados essênicos!!! Ora, como haveria um Espírito como Jesus, Puro e Perfeito, escultor da obra geológica do planeta, cuja ascensão espiritual se perde na noite dos tempos, de aprender algo com um grupo de espíritos imperfeitos e primários, como o são, em sua maioria, os que habitam a Terra? — e o que é pior: há recuadíssimos 2.000 anos, quando era precário o estágio intelecto-moral das criaturas. Por mais esforçados fossem os Essênios, eles não ultrapassavam em muito o grau evolutivo da humanidade daquela época. Kardec, em "O Evangelho Segundo o Espiritismo" reconhece-lhes os hábitos simples, porém rejeita a hipótese de ter Jesus tomado parte da referida seita ao analisar a obra "A Morte de Jesus", que alguns acreditaram ter sido escrita por um essênio. Na verdade, comprovou-se, logo após, que a obra era de origem recente e houvera sido escrita no intuito de servir de apoio à idéia de que Jesus teria vivido entre os Essênios.

É Emmanuel, contudo, quem melhor elucida sobre essa questão:

"Muitos séculos depois da sua exemplificação incompreendida, há quem o veja entre os Essênios, **aprendendo as suas doutrinas**, antes do seu messianismo de amor e redenção. As próprias esferas mais próximas da Terra, que pela força das circunstâncias se acercam mais das controvérsias dos homens que do sincero aprendizado dos espíritos estudiosos e desprendidos do orbe, refletem as opiniões contraditórias da Humanidade, a respeito do Salvador de todas as criaturas.

O Mestre, porém, não obstante a elevada cultura das escolas essênicas, ***não necessitou da sua contribuição. Desde os seus primeiros dias na Terra, mostrou-se tal qual era, com a superioridade que o planeta lhe conheceu desde os tempos longínquos do princípio****."* (em "A Caminho da Luz", capítulo XII - item "O Cristo e os Essênios", pág.106 - ed. FEB)

Ramatis está, conforme esclarece Emmanuel, a se ocupar mais com hipóteses e controvérsias puramente humanas, do que com as sublimes verdades espirituais hauridas junto à Espiritualidade Superior.

O mentor espiritual de Chico Xavier também nos ensina a perceber a real grandeza espiritual do Mestre Jesus quando adverte:

"Antes de tudo, precisamos compreender que Jesus não foi um filósofo e nem poderá ser classificado entre os valores puramente humanos, tendo-se em conta os valores divinos de sua hierarquia espiritual, na direção das coletividades terrícolas." ("O Consolador", questão 235)

"Mas, em se tratando de iluminação espiritual, não existe fonte alguma além da exemplificação de Jesus, no seu Evangelho de Verdade e Vida.

Os próprios filósofos que falaram na Terra, antes d'Ele, não eram senão emissários da sua bondade e sabedoria, vindos à carne de modo a preparar-lhe a luminosa passagem pelo mundo das sombras, razão por que o modelo de Jesus é definitivo e único para a realização da luz e da verdade em cada homem." (idem, questão 85)

Odilon Fernandes (espírito) igualmente considera:

"Cristo, como se sabe, não formalizou nenhuma

religião da Terra... Ele não se ligou nem ao judaísmo vigente e nem à filosofia essênica, não aderiu nem ao esoterismo dos egípcios e nem ao modo de pensar dos gregos... Ignorou o paganismo dos romanos e a idolatria dos hindus com seus deuses védicos... Proclamou, simplesmente: 'Conhecereis a Verdade e a Verdade vos libertará', encerrando toda a lei e os profetas na síntese inesquecível: 'Amai a Deus sobre todas as coisas e ao próximo como a vós mesmos'." (em "Mediunidade e Evangelho", pág. 114 - IDE)

Ramatis, por outro lado, procura enaltecer ao máximo os Essênios no intuito de justificar sua idéia de que Jesus esteve entre eles, haurindo-lhes o conhecimento orientalista, e, em claro exagero, assevera:

"Os Essênios eram profundos conhecedores de toda a ciência da alma, pois o que muitos homens ainda buscam através do Esoterismo, da Teosofia, da Rosa-Cruz, ***do Espiritismo****, da mensagem de Krishnamurti ou da Yoga, os velhos Essênios já o sabiam e o ensinavam em seus sigilosos santuários."* (pág.294)

Na mesma página, Ramatis "revela" uma encarnação anterior de Jesus na Terra! Como não poderia deixar de ser, Ramatis trata de posicionar Jesus em meio às doutrinas orientais e iniciáticas, em uma estratégia inteligente para convencer o leitor acerca da inigualável sapiência oriental. Certifique-se o amigo leitor:

"Aliás, os anciãos essênicos formavam o grupo de espíritos que desde os primórdios da Atlântida vinham elaborando os estatutos preliminares da efusão espiritual na Terra e o preparo da lavoura para as 'sementes' abençoadas do Cristo-Jesus! Em tempos remotos foram conhecidos como 'Profetas Brancos'; depois, por 'Antulianos' 'Dactylos', 'Kobdas' e finalmente Essênios. Atualmente já estão se disseminando pela Terra, a fim de organizar elevada confraria de disciplina esotérica em operosa atividade no mundo profano, para a revivescência do Cristianismo nas suas bases milenárias. **Jesus também havia estado com eles na Atlântida, quando viveu na Terra a majestosa personalidade de Antúlio, o profeta sublime que em época tão recuada já fundara a 'Fraternidade da Paz e do Amor cujos adeptos ficaram conhecidos na tradição esotérica como os 'Antulianos'!"**

Que interessante! Toda essa turma volverá e organizará uma "confraria esotérica" para fazer reviver a mensagem cristã! Acredite se quiser, caro confrade espírita!...

CONSIDERAÇÕES FINAIS

"Conhecereis a Verdade, e a Verdade vos libertará." (**Jesus**)

"Se buscaste a Doutrina Espírita, não lhe negues fidelidade."

(**Emmanuel**)

A presente obra não tem a pretensão de trazer a palavra final acerca da controvertida questão Ramatis e da influência orientalista propugnada por ele e por certo número de companheiros espíritas dentro do Movimento. Não tivemos a intenção de realçar a polêmica, colocando-a acima de nossos deveres de fraternidade e tolerância. Se alguns companheiros sentirem-se, de alguma forma, incomodados com a objetividade de nossos apontamentos, peço-lhes que procurem compreender as razões que nos levaram a traçar diversos paralelos ao longo da obra, nos quais intentamos fazer prevalecer a busca pela verdade. Assim sendo, nossas opiniões pessoais, que poderiam parecer demasiado presunçosas, tomaram um plano secundário, para dar lugar aos postulados espíritas, consubstanciados nos ensinos dos Espíritos Superiores, sob a égide espiritual do Espírito Verdade.

A Doutrina Espírita não precisa de defensores. No entanto, o Movimento Espírita necessita de esclarecimento permanente, para que o ideal maior do Espiritismo — a transformação moral do indivíduo à luz do Evangelho — não seja jamais esquecido ou negligenciado. Sabemos que é cada vez maior o número de pessoas que se dizem "espíritas", sem conhecerem sequer uma obra da Codificação ou quaisquer dos postulados doutrinários. Isso se deve, em parte, ao fato de muitas casas espíritas desprezarem o ensino espírita para se dedicarem à cura de corpos perecíveis, em frontal competição com a medicina moderna, adotando terapias estranhas, exóticas, e sem respaldo científico; outras privilegiam discursos religiosos incompatíveis com a Doutrina Espírita, promovendo uma miscelânea injustificável, a título de "universalismo". E assim, vão se formando núcleos que ostentam, em suas fachadas, o nome "espírita", estando, porém, desvinculadas dos mais legítimos preceitos doutrinários. Preferindo privilegiar suas próprias opiniões individuais, alguns dirigentes intentam reformar o Espiritismo, criando, em seus núcleos, uma espécie de Espiritismo "à moda da casa". Quando chamados a uma reflexão, logo se arvoram em juízes da maioria lúcida, chamando-a de ortodoxa e alienada, enquanto se auto-apelidam "universalistas" e "modernos". Passam a desprezar Kardec e acolhem para mentor essa ou aquela entidade espiritual que mais pareça corroborar suas presunçosas idéias de reforma doutrinária.

Faz-se preciso, mais do que nunca, conclamar as consciências a uma reflexão acerca dos rumos do Movimento Espírita. Se as deturpações promovidas pelos encarnados acabam não encontrando muito respaldo, não ocorre o mesmo no que concerne àquelas propugnadas, sorrateiramente, pelos desencarnados.

No caso de Ramatis, analisado por nós ao longo da presente obra, é clara a intenção da entidade em fazer prevalecer suas idéias. Utilizando-se de forte poder de argumentação, advinda de seus dotes intelectivos, Ramatis faz observações que sempre concluem pela excelência das práticas e postulados doutrinários orientalistas. Preferindo adotar um linguajar místico-esotérico, esse Espírito parece negar-se, até mesmo, a utilizar os vocábulos espíritas. Os termos "Karma", "chakra", "plano e corpo astral", "avatar", entre outros, próprios dos tratados teosóficos, são constantemente utilizados em seus livros, não levando em conta a existência de palavras de entendimento fácil a todos os leitores, tais como aquelas comumente utilizadas na literatura espírita. Tal resistência dá-se pelo fato de Ramatis não pertencer à Falange do Espírito Verdade, e por estar vinculado, portanto, a outros movimentos religiosos na Espiritualidade. Por isso, os livros de Ramatis não podem ser considerados Espíritas, na acepção do termo, por conter arcabouço doutrinário todo próprio, formado pelas opiniões da própria entidade somadas às concepções provindas do Rosacrucianismo, Hinduísmo, Esoterismo e Teosofia, muitas vezes em contraposição aos ensinos espíritas. Assim sendo, o conteúdo de suas obras enquadra-se perfeitamente no Espiritualismo, mas não no Espiritismo.

O Espiritismo adota um princípio básico para a plena aceitação das comunicações: o da concordância. E, conforme pudemos constatar, as mensagens de Ramatis encontram-se, sob diversos pontos, em discordância com o que foi ensinado pelos Espíritos Superiores a Kardec e hoje ratificados por entidades do quilate de Emmanuel, André Luiz, Joanna de Ângelis, entre outros, que contribuem com novos enfoques, mantendo-se, porém, fiéis à Codificação.

É hora de nós outros, por nossa vez, seguirmos o exemplo de Yvonne Pereira, Bezerra de Menezes, Eurípedes Barsanulfo, Vianna de Carvalho, Manoel Philomeno de Miranda, Cairbar Schutel, Carlos Imbassahy, entre outros, que passaram pela Terra fiéis aos postulados que esposaram, procurando servir à Doutrina, ao mesmo tempo mantendo-lhe a pureza e integridade, sem se deixarem embair por modismos e fantasias que, volta e meia, dão o ar da graça nos arraiais espíritas.

Vianna de Carvalho, através de Divaldo Franco, prossegue, do mundo espiritual, advertindo os Espíritas quanto às suas responsabilidades:

"Sem intolerância, mas com segura coerência, vigiem-se os desvios que atraem, porque a Doutrina, como se encontra, não sofrerá perigo de alteração, de enxertia, podendo, porém, o Movimento, no qual os homens atuam, sair da trilha da segurança, responsabilidade e limpidez com que os Espíritos Superiores ofereceram o Consolador ao apóstolo de Lião e este o transferiu para a posteridade sem qualquer receio, embora reconhecendo a fragilidade das criaturas que iriam ser legatárias desse tesouro valioso, que é o Espiritismo, a Doutrina que fomenta o homem integral e que guiará a Humanidade para o fanal a que se destina: a perfeição!" (em "Enfoques Espíritas", pág. 124 - ed. Capemi)

"O Espiritismo é simples e fácil como a verdade quando penetrada.

Deixá-lo padecer à leviana aventura de pessoas irresponsáveis, ingênuas ou malévolas, é gravame de que não se poderão e*ximir os legítimos adeptos da Terceira Revelação.*

Como não é lícito fomentar debates ou gerar discussões improdutivas cabem, freqüentemente, sempre que possíveis, as honestas informações entre Doutrina Espírita e Doutrinas Espiritualistas, prática espírita e práticas mediúnicas, opinião espírita e opiniões medianímicas, calcadas na Codificação Kardequiana, que delineou, aliás, com muita propriedade, as características do Espiritismo, conforme se lê na Introdução de 'O Livro dos Espíritos', estando presente em todo o Pentateuco, que desdobra os postulados mestres em incomparáveis estudos da perfeita atualidade, a resistirem a todas as investidas da razão, da técnica e da fé contemporâneas.

A função de terapia moral do Espiritismo é incomparável. Torná-lo reduto de banalidades e imediatismos, convertendo-o em mesa farta de frivolidades, seria conspurcá-lo dolorosamente.

Doutrina comportamental imprime nos adeptos integridade e dignificação, constituindo rota e veículo de progresso a todo aquele que aspire mais fecundos horizontes, ambicionando perspectivas mais felizes para si e para o próximo.

Aprofundar, portanto, estudos, no seu organismo doutrinário, é dever de todo espírita consciente, que passará a lecioná-lo, como decorrência do auto-aprimoramento, com segurança e lucidez, não permitindo que a urze do absurdo ou o escalracho da fantasia se lhe imiscuam, gerando dificuldades sofríveis nas mentes necessitadas e nos espíritos sofridos que pululam em toda parte, sedentos da água viva do Consolador Prometido, que já se encontra na Terra há mais de um século, inaugurando o período de felicidade que se avizinha e de que nos deveremos constituir pioneiros, pela forma como apresentarmos e vivermos o Espiritismo com Jesus." (pág.127/128)

"É impostergável nos cometimentos diários o dever de se estudar e aplicar as nobres lições do Espiritismo, no atual estágio da evolução do pensamento.

À medida que as luzes da Doutrina Espírita clarificam o entendimento humano mais imperioso se torna o cultivo das informações que ressumam da Revelação, a fim de que a ignorância em torno dos problemas do espírito seja em definitivo combatida.

A responsabilidade dos que travaram contato com a mensagem de Jesus, desvelada e atualizada pelos Espíritos, é muito grande, pois que àquele que usufrui a bênção do esclarecimento não se pode conceder a indulgência da leviandade nem tampouco a reprochável conduta da indiferença face às magnas questões que se agigantam em todo lugar. (...)

Todavia, para que o adepto do Espiritismo se integre realmente no espírito da Doutrina, exige-se-lhe aprofundamento intelectual no conteúdo da informação espírita de modo a poder corporificá-la no comportamento moral e social, na jornada diária.

Nesse sentido ***há que fazer quão indispensável diferença entre Espiritismo e o Movimento Espírita.***

Vigem em muitos setores na prática espiritista normas e diretrizes ultrajantes à Mensagem de que Allan Kardec foi instrumento do Alto, seja por negligência de muitos dos seus membros, seja pela crassa ignorância daqueles que assumem responsabilidades definidas ante os dispositivos abraçados, sem os necessários recursos culturais indispensáveis.

Ante a grandeza da Revelação, por estarem acostumados às limitações típicas das seitas do passado, ou porque ainda vinculados às superstições nefandas dos dias recuados, muitos ***pseudo-espíritas*** *pretendem reduzir a grandeza indimensional do Espiritismo à estreiteza de uma nova seita, em cujo organismo grassem os erros derivados da incompetência e do abastardamento de que o desconhecimento da Codificação se faz motivação poderosa.*

O Movimento espírita é o resultado do labor dos

homens, enquanto o Espiritismo é a Doutrina dos Espíritos dirigida aos homens (...)

Convertê-lo em resíduo seitista é desfigurá-lo danosamente, ceifando os elevados objetivos a que se propõe. Mantê-lo em círculo de mediunismo desregrado, significa desconsiderá-lo no aspecto superior das suas realizações: o da pesquisa científica por cujos roteiros a ciência e a fé se unirão na romagem para a vida e para Deus.

É verdade que se alastram formas primitivas de mediunismo em toda parte, merecendo essa questão mais cuidadoso exame para melhor serem debeladas as nefastas conseqüências de tal fenômeno. E, por essa razão, maior deve ser o nosso empenho na sadia divulgação dos postulados espíritas, lavrados no estudo sistemático e constante do contexto doutrinário, para que o medicamento com que pretendemos amenizar ou erradicar os males morais da sociedade hodierna, não venha a produzir maiores danos como resultado da sua má dosagem e aplicação.

A princípio o Cristianismo foi eficiente remédio aplicado sobre as feridas do Paganismo. A indiscriminada e irracional utilização da Doutrina do Cristo sobre as chagas sociais da época, deformada nos seus pontos básicos, produziu cânceres mais virulentos do que aqueles que visava combater e cujos danos ainda sofrem as comunidades modernas...

Fenômeno consentâneo pode ocorrer nestes dias com o Espiritismo... Sem dúvida a Doutrina é irreversível e sadia. Todavia, a Boa Nova também o é...

Dilatam-se as referências espíritas no organismo social do momento; multiplicam-se as Casas Espíritas; há adesões em massa ao Espiritismo; ***surgem os primeiros sintomas de 'cultos' espíritas****; aparecem fartas concessões* *ao Espiritismo... Respeitando e considerando todas as formas de divulgação, não nos podemos furtar à conclusão de que a quantidade tem recebido maior valorização do que a qualidade que deve manter o caráter específico de* ***pureza que não podemos subestimar****.*

O movimento espírita cresce e se propaga, mas a Doutrina Espírita permanece ignorada, ***quando não adulterada em muitos dos seus postulados, ressalvadas as excelentes e incontáveis exceções****.*

O que se possa lucrar pela quantidade, pode redundar em prejuízo na qualidade. (...)

Impostergável, portanto, o compromisso que temos, todos nós, desencarnados e encarnados, de estudar e divulgar o Espiritismo nas bases nobres com que no-lo apresentou **Allan Kardec**, *a fim de que o Consolador de que se faz instrumento não apenas enxugue em nós os suores e as lágrimas, mas faça estancar nas fontes do sofrimento as causas de todas as aflições que produzem as lágrimas e os suores.*

Nesta aferição de valores para o elevado mister da divulgação espírita oremos e vigiemos, conforme a recomendação do Mestre, para que nos desincumbamos a contento do cometimento aceito, dando conta da nossa responsabilidade, com o espírito tranqüilo e a mente pacificada." (em "Estudos Espíritas", cap. 18 - FEB)

Não desprezemos, portanto, aquilo que foi e tem sido erigido através dos esforços de muitos sob os auspícios da Espiritualidade Maior. Renegar os mais puros preceitos doutrinários para trocá-los por experiências fracassadas do passado afigura-se uma completa incoerência.

*

Ary Lex igualmente faz uma oportuna exortação, constante do seu livro "Pureza Doutrinária" (pág.98), que transcrevemos:

"Lembrem-se todos de que o indivíduo, ao se tornar espírita, não só descobriu uma verdade nova, mas assumiu o compromisso, perante Deus e os homens, de lutar pela melhoria da humanidade. Essa não consiste, apenas, na freqüência aos trabalhos e em fazer caridade. Abrange, também, a reforma moral. Entretanto, que reforma é essa em que a pessoa procura tornar-se boa e pura, mas não se importando se, em seu redor, os espíritos humildes continuam abandonados, atrasados, adotando posturas religiosas fetichistas ou mágicas, substituindo a medicina por práticas absurdas, de um passado remoto?

Nós só evoluiremos espiritualmente, na medida em que também ajudarmos nosso semelhante a progredir. A Codificação nos ensina que o progresso do espírito está intimamente ligado ao da coletividade, onde o homem está inserido."

Convocamos, pois, todos os espíritas sinceros, para que, de maneira pacífica e consciente, lutem em prol da manutenção dos princípios doutrinários através do estudo incessante das obras basilares do Espiritismo e de sua correta divulgação.

Quando somarmos a fidelidade e os princípios que esposamos a um comportamento digno em nossa vida diária, estaremos, aí sim, realmente vivenciando a mensagem espírita em toda a sua plenitude, como bem exemplificou o insigne Codificador Allan Kardec, tendo como Modelo Maior o Mestre Jesus!

BIBLIOGRAFIA

1) **ABREU** Filho, Júlio e **PIRES**, J. Herculano - "O Verbo e a Carne" - edições Cairbar- São Paulo-SP - 1973

2) **AMORIM**, Deolindo - "O Espiritismo e as Doutrinas Espiritualistas" - edições CELD - Rio de Janeiro-RJ - 1992

3) **AMORIM**, Deolindo - "Idéias e Reminiscências" - Instituto Maria -Juiz de Fora- MG

4) **ARMOND**, Edgard - "Os Exilados de Capela" - LAKE - São Paulo-SP - 9ª edição

5) **BACCELLI**, Carlos A. (Espírito Odilon Fernandes) - "Mediunidade e Doutrina" - IDE -Araras-SP - 4ª ed., 1991

6) **BACCELLI**, Carlos A. (idem) - "Mediunidade e Evangelho" - IDE-Araras-SP - 1ª ed., 1993

7) **BORGES**, Wagner D' Eloi (Espíritos Ramatis, Rama, Yogananda e Alvanhov) - "Viagem Espiritual" - São Paulo-SP - 3ª ed., 1994

8) **"Centros e Dirigentes Espíritas"** (Autores Diversos) - Edições USE - São Paulo-SP - 3ª ed., 1994

9) **CURTI**, Rino - "As Epístolas de Paulo e o Apocalipse de João" (segundo o Espiritismo), Tomo 3, volume 1 - ed. FEESP - São Paulo-SP - 1ª ed., 1983

10) **DIBO**, Dulcídio- "Vida em Outros Planetas" - LAKE -São Paulo-SP- 2ª ed., 1987

11) **FRANCO**, Divaldo P. (Espírito Joanna de Ângelis) - "Após a Tempestade" - LEAL Editora - Salvador-BA - 5ª ed., 1992

12) **FRANCO**, Divaldo P. (Espírito Vianna de Carvalho) - "Enfoques Espíritas" - CAPEMI Editora - Rio de Janeiro-RJ - 1ª ed., 1980

13) **FRANCO**, Divaldo P. (Espíritos Diversos) - "Estudos Espíritas" - FEB- Rio de Janeiro-RJ - 1ª ed., 1982

14) **FRANCO**, Divaldo P. (Espírito Manoel Philomeno de Miranda) - "Loucura e Obsessão" - FEB - Rio de Janeiro-RJ - 1ª ed., 1990

15) **FRANCO**, Divaldo P. - "Palavras de Luz" - Edições FEEB - Salvador-BA - 1ª ed., 1993

16) **FRANCO**, Divaldo P. (Espírito Vianna de Carvalho) - "Reflexões Espíritas" - LEAL Editora - Salvador-BA - 1ª ed., 1992

17) **GUIMARÃES**, Heny Lopes e DOMINGUES, Hélcio César (Espírito Ramatis) - "Alerta Contra o Aborto", livreto contendo capítulo extraído do "Livro da Vida", de Ramatis - Rio de Janeiro-RJ - 1985

18) **KARDEC**, Allan - "A Gênese" - FEB - 35ª edição, 1992

19) **KARDEC**, Allan - "O Evangelho Segundo o Espiritismo"- FEB- 106ª edição, 1992

20) **KARDEC**, Allan - "O Livro dos Espíritos" - FEB - 73ª edição, 1993

21) **KARDEC**, Allan - "O Livro dos Médiuns"-FEB- 59ª edição, 1992

22) **KARDEC**, Allan - "Obras Póstumas" - FEB - 22° edição, 1987

23) **LEX**, Ary - "Pureza Doutrinária" - Edições FEESP - São Paulo-SP - 1ª edição, 1988

24) **MAES**, Hercílio (Espírito Ramatis) - "A Vida Humana e o Espírito Imortal" - Freitas Bastos - Rio de Janeiro-RJ - 4ª ed., 1982

25) MAES, Hercílio (idem) - "Magia de Redenção" - Freitas Bastos - Rio de Janeiro-RJ - 5ª ed., 1989

26) MAES, Hercílio (idem) - "A Vida no Planeta Marte e os Discos Voadores"- Editora da Boa Vontade - Rio de Janeiro-RJ - 1ª ed., 1955

27) MAES, Hercílio (idem) - "Mensagens do Astral" - Freitas Bastos- Rio de Janeiro-RJ - 6ª ed., 1988

28) MAES, Hercílio (idem) - "O Evangelho à Luz do Cosmo" - Freitas Bastos- Rio de Janeiro-RJ - 3ª ed., 1987

29) MAES, Hercílio (idem) - "O Sublime Peregrino" - Freitas Bastos- Rio de Janeiro-RJ - 6ª ed., 1988

30) MAES, Hercílio (Ramatis e Atanagildo) - "A Vida Além da Sepultura" - Freitas Bastos - Rio de Janeiro-RJ

31) MARQUES, America Paoliello (Espírito Ramatis) - "Brasil, Terra de Promissão" - Freitas Bastos - Rio de Janeiro-RJ - 3ª ed., 1988

32) MELO, Jacob - "O Passe - seu estudo, suas técnicas, sua prática" - FEB - Rio de Janeiro-RJ - 1ª ed., 1992

33) PRABHUPADA, A. C. Bhaktivedanta Swami - "Meditação & Superconsciência" - The Bhaktivedanta Book Trust - 2ª ed., 1984

34) ROUSTAING, J.-B. - "Os Quatro Evangelhos"- FEB - 5ª ed., 1971

35) TEIXEIRA, J. Raul (Espírito Camilo) - "Desafios da Educação" - Editora Fráter- Niterói-RJ - 1ª ed., 1995

36) XAVIER, Francisco C. (Espírito Emmanuel) - "Emmanuel"- FEB - Rio de Janeiro-RJ - 15ª ed., 1991

37) XAVIER, Francisco C. (Espírito Emmanuel) - "O Consolador" - FEB - Rio de Janeiro-RJ - 15ª ed., 1991

38) XAVIER, Francisco C. e **ARANTES**, Hércio Marcos C. (Espíritos Diversos) - "Encontros no Tempo" -

IDE - Araras-SP - 4ª ed., 1985

39) XAVIER, Francisco C. e **VIEIRA**, Waldo (André Luiz/Emmanuel) - "Opinião Espírita" - Editora CEC - Uberaba-MG - 7ª ed., 1990